GAEA

Gaea

GAEA

Gaea

眾神之島

Island of a Thousand Deities

光風・著

眾神之島

目錄

雞腿的滋味

在無人知曉的時空裡，空二十坪急急趕赴富八十五坪的邀約，祂的臉上有著不同以往的光彩，那些光都來自祂等不及想分享的好消息。

「有人要搬進來了！有人要搬進來了！」祂將這句話唸在嘴上也唸在心上，擔心一時緊張，講得不夠有戲劇性。面對「富坪」們，若是話題太無趣，是會被冷眼忽視的，而祂們最喜歡聊的，無非是屋主的八卦怪癖、財富祕辛，還有哪一家便當店的雞腿最好吃。希望今天不要再講到雞腿了，祂忿忿想著。

急著趕赴的聚會，距離祂的家屋只有一個街口遠。那是一棟出自知名建築師之手，風格怪異卻房價極高的摩天豪宅。豪宅建在城市精華地段，緊鄰重要交通幹道，但於外圍內縮出一圈人行步道，削減了繁忙車潮帶來的噪音壓迫。不只如此，在被樹叢、柵欄層層遮蔽的範圍內，還有私人花園和生態池，讓鳥鳴與蛙鳴在日與夜間輪流出現。可是這座豪宅真正令人矚目的，是它以數百片透藍色玻璃拼貼的外觀，以及高達十七層樓的氣勢，彷似要確保任何一個角度都能折射陽光，讓它的光亮在三平方公里內都能被望見。因為它的巨大，附近的老公寓和矮房子，每日總有一段時間會被它的陰影所吞噬籠罩。說它是這一區的指標巨獸也不為過。

進入巨獸前，空二十坪照例先將自己的烏紗帽喬正（官帽兩側的圓翅小得像蜂鳥翅膀），又將淺青官服上的灰塵拍掉一些（這幾年淺青看上去倒像是無法折射光線的灰），再抖掉鞋子裡的異物（上次祂踩過的地方都留下沙石，讓富坪們嘖嘖稱奇），最後順一順縐得無法輕易撫平的衣襬。

深吸一口氣，祂推門而入。

每次總像第一次來，似乎永遠無法適應裡頭的輝煌。富八十五坪的家屋，位於豪宅頂樓，在八十五坪空間裡，能夠點綴裝飾的地方都貼滿了金箔，能夠引進光線的方位都設計成落地窗。那些因為金箔與光線產生的光點，跳躍在青花瓷的牡丹花上、當代名畫裡女性的眉眼間，也降落在祥龍琉璃的龍尾巴，或是閃爍於水晶吊燈的五彩折射裡。光點複製出更多光點，整個空間宛如滿是流金的湖泊。

流金湖泊正中央的沙發上，以富八十五坪為中心，已經坐了幾位「富坪」，接著往外圍是「中坪」和「小坪」們，再來就是與祂同等級的「空坪」。

身為地基主，普遍身形矮小，不過一百公分出頭。若凡人能看見祂們，大概會以為眼前這幕是小學孩童的聚會，以古裝作為派對Dress Code。祂們以小小的身體、短短的手腳，如麻雀般依偎在沙發上，而背後落地窗框納了整座城市的風光。

若沒有人說，大概不會有人知道。神如其名，地基主以守護的家屋作為代號，依屋主貧富分為「富貴人家」、「中產階級」、「小資族群」和「低收入戶」四個等級，後頭再冠上家屋坪數。坪數越小、經濟狀況越貧困的，地位越低。然而，最可憐的，絕不是屋主貧窮或坪數狹小，而是沒有人入住的「空屋」。

空二十坪自有意識以來，就是守護著空屋。倒不是屋況不好、乏人問津，而是持有的屋主性情古怪，裝潢好了不入住也不出租，就這樣空著近十年，導致空二十坪外型也如荒屋頹敗，毫無朝氣。

已經在聚會中找好一席之位的中二十坪，見祂來了，朝祂揮手，表示為祂留了方形腳椅。

祂一坐定，東道主富八十五坪說話了，語速緩慢：「雞腿萬歲。」

語畢，其他地基主也覆誦一次。這是祂們最喜歡的開場白。

「說到雞腿，我永遠忘不了大鼻子入住第一天準備的雞腿。」富八十五坪閉上眼睛、咀嚼空氣，彷彿在品嚐回憶裡的雞腿。

「大鼻子」是富八十五坪幫屋主取的暱稱，那男人鼻子出奇得大，小時候是同儕取笑的對象，長大卻成了家財萬貫的好面相。果不其然，他在四十歲因為投資房地產，賺進了揮霍不盡的財富，才得以買下摩天豪宅的頂樓，與政商名流為鄰。

富八十五坪接下來的話，空二十坪幾乎可以默背出來：「大鼻子買回來的，是林森路上最知名、最老牌的雞腿！整整滷上三天，讓醬油滲進每一絲雞肉裡，顏色漂亮得像秋天的焦糖，吃起來又香又甜、又軟又嫩，讓我一次吃一百支也沒有問題！」

幸運吃過同一家雞腿的地基主，紛紛點頭贊同，祂們同時也抱怨那家店總要排隊一小時以上，導致日益懶惰的屋主們都轉而買別家。別家雞腿不好吃嗎？倒也不是，周邊店家的雞腿各有特色，有些會放冰糖藥膳一起滷，有些雞腿選用的特別大支，但無論如何也比不上林森路那家，成為地基主們公認的好吃排行榜第一名。

「這就是心意問題啦，排再久也要排，一年才沒幾次不是嗎？」富八十五坪講這話時，藏不住祂的神氣。

富八十五坪所說的「一年才沒幾次」，要視家庭習慣而異。祭拜地基主，有的依照重要節日，除夕、元宵、清明、端午、中元、中秋、重陽及冬至都拜；有的簡化為除夕與中元，或是初二與十六兩次；也有極虔誠的少數家庭，每月初一、十五都按時祭拜。除了定期祭拜，另外就是遷入與遷出之時，必須要向地基主稟告才行。

縱使一年祭拜次數不多，其他地基主們也心知肚明，大鼻子才不是自己排隊買來的，他只要拿出幾張鈔票，自然有人效命，而代排費大概比雞腿貴上數倍。

富八十五坪說完想說的話後，便禮貌性地把話語權分給其他富坪，讓祂們也講講自己第一次吃到的雞腿是什麼口感。以往空二十坪面對這個無法參與的話題，總是以最虔誠的心聆聽，然而今天祂幾乎要按捺不住，好幾次都想插話，又拚命將話語壓下去。

好不容易，富坪們講完各自的「雞腿經」，富八十五坪才毫不掩飾自己的意興闌珊，問：「好啦，應該沒有其他要報告的吧？」

彷彿已經搖晃多次的可樂瓶，空二十坪連忙舉手如沖天氣泡，引得在場地基主們紛紛朝祂望去。富八十五坪也不好無視祂。

「說吧。」

「有人要搬進來了！」祂發出比自己身體大上好幾倍的聲音，那短短七個字迴盪在豪宅空間裡，震動的音波似乎還讓魚缸偏離了位置。

富八十五坪掏了掏耳朵，以一貫慵懶的語氣說：「喔，恭喜呀空坪，這樣祢鞋子裡就不會有沙子了吧。」

「對！而且我可以吃到雞腿！」祂沒有聽懂富八十五坪的言外之意，完全沉浸在空坪們的羨慕目光，以及終於可以吃到雞腿的喜悅。

「好，很好。嗯，下次再讓祢說說祢的雞腿。」富八十五坪打了哈欠、揮揮手，示意聚會結束，地基主們可以返回各自家屋。

空二十坪回程沿路哼歌，心情愉悅，卻被中二十坪略帶憂心地叫住。

「我怕祢會失望，一定要先提醒祢，他們不一定會祭拜雞腿。他們可能會買排骨便當，或是也有可能吃素，甚至不一定會祭拜，像小花根本不相信我們的存在。」

中二十坪與祂同天到職、住得近又坪數相當，常常邀請祂來家裡玩，是祂最好的朋友。也因此，祂悉知中二十坪歷經三任屋主，前面屋主都有祭拜地基主的習慣，但現任屋主小花是篤信耶穌基督的年輕畫家，每天早禱晚禱說阿門。對她而言，宇宙只有一位全能的神。縱使如此，中二十坪還是盡責守護小花的家，沒有絲毫怠慢與不滿。

「我知道。」祂原本輕快的腳步，頓時多了一點重量，「但是，也很難說吧！說不定住進來的，就是會去林森路買雞腿的人呀！」

「祢先不要期待太多。」中二十坪聽了連忙說，語氣更是擔心。

難道祂沒有資格期待嗎？祂想起獨自在家屋的日子，以滿是灰塵的玻璃窗和桌面為紙，以指尖為筆，在上面畫著孤獨的圈圈叉叉，一局接一局，總是自己贏了，也總是自己輸了。祂也會從窗口眺望，眺望其他人家的燈光與影子，還有時不時傳來的話語聲，以及狗狗迎接主人歸來的汪汪聲。祂總是被逗笑了，也被弄哭了。那些寂寞的日子，教會祂放眼未來，未來一定會更好，祂的家屋會有人有狗有貓，祭拜的時候會有雞腿，在地基主聚會時能讓祂驕傲發言。一定會的，一定會有那樣的未來。

祂堅信，同時，祂也懼怕。如果不是祂所想的，那要怎麼辦？如同中二十坪說的，如果搬進來的人，根本不會祭拜，那樣的未來祂還能期盼嗎？

不會的，祂已經等了十年，好運怎麼輪也總該要輪到祂了！

宛如是防衛機制，累積多年的孤獨與恐懼一湧而上，幻化成另一種能量，祂氣得發抖：「祢、祢只是在忌妒我！因為小花沒有給祢買雞腿！祢等著！我這次一定可以吃到雞腿！而且是林森路的雞腿！讓所有地基主都羨慕我！」

不等中二十坪回應，祂兩手用力一揮，古袖震盪出的氣流開啟了家屋入口，祂頭也不回地跳進去，溜滑梯似地一路滑進屋內，瞬間揚起漫天灰塵。祂就呆坐在那空無一人的空間裡，許久許久，等待飛舞飄浮的灰塵緩緩落地。

□

很快的，屋子有了新的樣貌。屋主聘請兩位清潔人員來打掃，她們打開所有門窗，讓風帶走令人感到沉悶窒息的空氣，頓時塵埃飛揚。她們用除塵拖把和吸塵器，仔仔細細除去地板、牆壁和角落的灰塵，如同在剷除深厚積雪。接著兵分兩路，一位擦拭所有家具，必要時上一層保護油，另一位拆下了紗窗，沖洗那些日積月累的黑色髒污。她們又吸了一次地，確保所有灰塵都在如此嚴謹的打掃裡消失，才拿起拖把，潤上一層薄薄的水。屋子在這一刻彷彿乾性皮膚被抹上化妝水，終於又能呼吸，又活了起來。

與屋子相對應的，空二十坪也有了變化。官服變回清朗的青色，烏紗帽也黑得發亮，鞋子裡再也沒有沙石了！祂開心揮動古袖，在乾淨寧靜的房子裡旋轉了好幾圈，感覺無比清爽與輕盈。

然而比起這些，房客即將入住的期待之情更為強烈。他們什麼時候要搬進來呢？不知道會是什麼樣的人？祂每分每秒都在想。如果可以，祂甚至想鋪上一條紅地毯、備上一些拉炮，熱烈歡迎他們到來。

過了幾天，終於有人來了！率先進來的是搬家工人，他們陸續將家具搬入，還不小心落了幾滴汗水在地板上，但空二十坪一點也不在意。隨著屋裡越來越滿，祂的情緒也越來越滿，有興奮、有感動、有期待。

在人與物的來來往往之間，祂看見一對男女，彷彿是千年一瞬，強烈的直覺告訴祂，就是他們了！祂第一眼就喜歡他們。男人如在田裡耕犁的老牛，身上揹負大小袋物品，以愚公移山之力一點一點搬運，而女人如貓，輕鬆穿梭各個障礙物之間，指示東西放這放那。在忙亂的步伐間，他們沒有撞在一起，反而還能找出空閒時間嘲笑彼此臉上莫名出現的污漬，並同時放聲大笑。祂喜歡他們相處時的氣氛。

搬家工人離開了，老牛與小貓仍沒有歇息地繼續整理。他們從數十個紙箱中找出每日一定會用的必需品：馬克杯、刀叉、餐盤、衣服、毛巾、牙膏、洗髮精，將它們零零落落放在廚房和浴室。他們也清理出客廳空間，將原本暫放在沙發上的物品挪開，開心地躺上去歇腿，宛如躺在森林裡唯一的草地。晚餐也是在這裡吃的，他們在搬家的雜亂裡野餐，一邊討論紙箱最終要歸屬的地方。

晚餐後，他們將臥床鋪上床套，床套有剛洗好的花香，彷彿在屋裡種植了花園。他們洗澡的時候，水聲嘩啦啦傳出，讓祂覺得花園內又多了座噴泉，而祂的心情也如泉水愉快湧現。夜色低垂，他們倒在紫羅蘭色的床上，互道晚安。

「晚安。」祂對他們說，即使他們聽不見，語氣也如默唸願望般溫柔。那種溫柔令祂原諒了許多事，原諒中二十坪的過度擔心，也原諒富坪們一直以來的冷眼與勢利。祂相信今天過後，未來的每一天都與以前的日子再也不同。

晚安。祂又說了一次。

從未看過凡人搬家的空二十坪，眼前一切都讓祂覺得新鮮，而凡人的家當亦瑣碎得令祂驚訝，竟連一個指甲剪都少不得！老牛為了找他的指甲剪，找了一個小時，東翻翻、西翻翻，還差點與小貓吵起來。好不容易找到了，他才安安靜靜在角落剪腳趾甲，彷似整個人因為這個小小指甲剪而變得完整。這大概是蝸牛無法想像的吧，祂想，蝸牛多簡單呀，一個殼便是完整的家。

祂也欽佩凡人處理事物的能力。將擁有物打包進紙箱，紙箱再攤開成擁有物，他們一邊分類收納、一邊創造秩序，為所有物品都找到專屬位置，如同生物學家將世上萬物都編列進界、門、綱、目、科、屬、種，那般的整齊。

沉浸在前所未有的療癒中，祂並沒有忘記雞腿。

頭一日，祂明白他們光是搬家已經忙壞，因此並不心急。第二日，屋裡三分之二還是紙箱，可以再等等。第五日，紙箱消失的速度變慢了，他們卻有餘裕花一、兩個小時看電視。沒關係，祂並不是沒有耐心又強勢的地基主，祂願意給他們時間。第十二日，紙箱只剩零星之數，他們看上去也安定許多，不再為了東西要放哪或找不到而煩躁。祂想，再過一陣子，等生活上軌道，他們肯定會想起祭拜的事情。

第三十日，祂已悉知他們的職業與生活作息。老牛是一直還沒考上律師的律師助理，他固定七點起床，準備早餐、整理前晚洗好的碗筷與衣物。身為文字工作者的小貓，時間彈性，每天近九點起床，剛好與正要出門的老牛說早安和再見，接著緩慢吃起老牛準備的早餐，直到十點她才隨意挽起馬尾、揹著筆電出門，流浪在不同咖啡廳工作。傍晚五點半，先回家的是小貓，她從冰箱拿出許多食材，把食材變成料理，讓家屋瀰漫著最尋常不過的飯菜香。待老牛回到家，他們會在餐桌一起吃飯看電視，同時討論很多事情，包含小孩、婚禮、喜帖的款式，但就是沒提起祂的名字。

空二十坪慢慢接受了這個事實，雖然祂沮喪得不願承認——老牛與小貓是不會買林森路雞腿給祂吃了，甚至也不會祭拜祂。

原來房屋不空了，心有可能還是空的。

祂自顧自地鬧了幾日彆扭，才垂著頭，去找中二十坪。中二十坪見祂全身清爽但表情陰鬱，不用問也明白發生什麼事，只能拍拍祂的肩頭。

「無論如何，我們還是要守護他們，不是嗎？」祂們一起仰望正在創作的小花。

小花坐在鐵梯上，面對的是比自己身形大上數倍的油畫布。她一筆一筆，試圖將空白處彩繪成腦海裡的燦爛影像。偶爾她會停下來，擦拭因為情緒緊繃而產生的汗水，導致臉頰印著紅的、紫的、綠的、黃的各色顏料，像花朵於臉上小小綻放。這樣的小花，讓空二十坪也忍不住伸出手，如同中二十坪那樣，穩穩扶住高聳的鐵梯，絕不讓小花有摔落的可能。

「對不起，上次那樣說……」祂想起上次見面，對中二十坪發的脾氣。

中二十坪搖搖頭，表示不在意，並微笑地說：「雖然沒有雞腿，但祢有了一個新名字喔。」

「新名字？」

「祢已經可以不用叫『空二十坪』了吧。」

被這麼一說，祂眼睛一亮，「那麼，我要叫什麼呢？」

「我在土地公的神冊上，看見祢已經被改成『小二十坪』了。」

「小二十坪。小二十坪。」祂唸了好幾次，「我喜歡這個名字！小二十坪！」

「真可愛。」這是小花對著剛畫好的樹葉說的，時間上卻恰恰參與了祂們的對話，讓祂們都笑了。

□

有了新名字的小二十坪，已經忘記世上有雞腿這樣的存在。祂開始了期待已久的地基主工作。

地基主是很忙的，三百六十五天，一天二十四小時，每分每秒，祂都有事情要做。舉例來說好了，房子空久了，難免會有孤魂野鬼聚集。以前小二十坪耳根軟、好說話，「好兄弟」上門拜託幾句，就同意祂們進來避避凡間的雨。避雨的時候，祂們會忘記彼此本質上的差別，一起討論如何捉弄醉倒路旁的醉漢，可能是變幻成他最害怕的人，或是平空脫掉他的衣衫。小二十坪倚靠這種方式，渡過許許多多下著雷雨的寂寞日子。

可如今日子不一樣了，現在家屋有人，祂斷不能再讓好兄弟進來，這是地基主的工作，於是形成此刻祂與鬼在家屋內外對立的畫面。

「祢這樣是歧視喔。歧視我們是鬼。」照例要來躲雨的烏鬼這樣說，跟在後頭其他灰灰的鬼也紛紛點頭。

「這、這才不是歧視啦！因為有人住進來了，他們說不定會對祢們過敏呀，可能會發冷或作惡夢。我不忍心。」小二十坪在窗台，對著浮在窗外的好兄弟解釋。「而且，而且，祢們其實根本就淋不到雨吧！衣服都是乾的呀！」

雖然說是烏鬼，還是可以清楚看見祂黝黑的臉因為被冒犯而泛起的紅暈，「欸，祢這樣說很不夠朋友耶，我們的衣服不會濕，但心會濕呀。我們是可以感受到雨天的好嗎？就像蝸牛一樣！」

對呀對呀，後面的鬼紛紛附和。

小二十坪有點緊張了，對方數量約莫十幾個，體型又高又大，祂實在沒有自信自己的神力能抵擋，畢竟祂當上「真正的」地基主才一個多月而已，還未累積驅鬼的經驗。何況，鬼都是很執著的，一定會想辦法闖入。

「祢們能不能去別的地方？拜託啦。」語畢，祂自覺地基主講這樣的話似乎不太恰當，於是挺起胸膛，試圖讓自己身形看起來大一些，又說：「如果硬要這樣，我、我就只能趕走祢們喔。」

「想趕就試試看呀！祢是地基主了不起喔？我們才不怕咧！」烏鬼大聲一喝，所有的鬼都接收到指令，準備往屋內衝。

情急之下，小二十坪伸手擋住烏鬼，雙方手掌對手掌，兩道力量誰也不讓誰。然而，後頭的鬼又把力氣加乘到烏鬼身上，小二十坪不免往後退了幾步。祂的汗水從額頭一路滑到頸子，幾乎快撐不住了。這時候，祂莫名想起富坪們，那些看起來總是懶懶地躺在高級沙發上的富坪，有辦法抵擋鬼嗎？

「啊啊啊啊啊！」祂大聲一叫，釋放所有力氣，將群鬼往後推開，而後雙手一拍，一道光從祂合掌的兩側往外畫出界線，像一道帶刺的閃電，瞬間將家屋這一側劃入保護範圍內。

那些鬼都嚇了一跳，如同看見雷神瞬間親臨，於是紛紛在雨瀑的遮蔽下離去。烏鬼留下嘖的一聲，也消失了。

氣力用盡的小二十坪，像一團鬆散棉花，以緩慢飄移的軌跡降落在客廳。客廳裡，老牛與小貓正窩在一起看鬼片。電視中的紅衣小女孩轉過身來，蒼白臉龐布滿密密麻麻的紫色血絲，而背景音樂瞬間詭異地放大音量。小貓頓時怕得大叫，躲進老牛懷裡，但還是不時用餘角偷看。小二十坪心想，光是這種騙人的化妝技術就能把小貓嚇成這樣，若是真正的鬼來了，那還得了。祂輕躺在狗骨頭形狀的抱枕上，全身感覺些許虛弱，但因為成功保護了他們，內心產生了陣陣暖意。

我一定要變得更厲害。這個小小的地基主如此發誓。

心態積極的小二十坪，在富坪們以雞腿萬歲作為聚會開場白之前，率先出聲：

「請問！要怎麼趕走鬼？」

那問句嚇得在場富坪們一愣，紛紛朝東道主看去。自然了，東道主又是富八十五坪。祂們倒不是期待富八十五坪責備小二十坪的失禮，相反的，祂們集體露出了微妙表情，彷彿是聽見一個孩子問父母親自己是如何誕生的。

富八十五坪眼睛眨也沒眨，淡淡地說：「鬼呢，是趕不走的。」

話才說完，富坪們的目光一致落在最陰暗的角落，那個角落擺了一只魚缸，裡頭的魚常常換新的，似乎都活不久。有那麼一瞬間，剔透的魚缸似乎反照出眼神清冷的模糊人臉。

小二十坪知道，那就是鬼，弄得祂脖子滿是寒意。怎麼之前來，都沒有發現呢？

「鬼若進來，賴著不想走，祢也趕不走。在因果面前，法力都是無效的。」富八十五坪的說法，讓地基主們頻頻點頭，甚至低喃著破財、生病、運勢不好等關鍵字。中二十坪亦在祂耳邊補充，據說魚缸裡的鬼，就是大鼻子的冤親債主，總纏著他讓他婚姻不順，導致大鼻子結了三次婚也離了三次婚。

祂聽了一驚，無意識地，將手裡的衣袖抓得更緊，「可若是、若是外頭無冤無仇的孤魂野鬼呢？」

這句話提醒了所有地基主，鬼門即將打開，是該做些準備了。

「啊，祢最近剛晉升吧？很像是菜鳥會問的問題。」富八十五坪以粗肥的手指，指向西北方，「祢去找管轄這塊領地的土地公，祂可以幫祢。我們都是在祂的教導下，法力才變強的。」

提到土地公，地基主們紛紛露出感激神情，直說祂真是親切的神明呢。

「祢的地基主修煉之路，才正要開始呢。」富八十五坪最後如此說，不知是揶揄還是鼓勵，但小二十坪當作是後者，並感到躍躍欲試。

小二十坪婉拒了中二十坪自願陪祂一同前往的好意，決定獨自去找土地公。祂記得小花都是在這個時候回家，中二十坪可不能不在家。

那座位於西北方的土地公廟，建於河岸旁，離家屋只有兩、三條街遠。廟小小一間，大概只比成年男子高上一點。散步的人們經過時，會停下腳步、雙手合十參拜，也有不少阿公阿嬤帶水果前來，點上一炷香後，坐在廟前開始閒話家常。

祂站在對街觀望許久，遲遲不敢上前。說不上來，祂不記得自己曾經來過這座土地公廟，卻認得它，如同在鮭魚的基因或宿命裡，天生記得原生河流的模樣。祂對眼前的熟悉與陌生有些怯步。

祂來回踱步，突然聽見一個蒼老慈厚的聲音，說：「進來吧，小二十坪。」

啊，連這個聲音都聽起來既熟悉又陌生，但靈的深處是認得的，認得這個聲音。

祂猶豫了一會，決定接受那個召喚，往前走去。

人的肉眼飽受侷限，所見之廟亦被規範在人世的寸土間，僅存於表象世界。神就不同了，既能看見表象，又能穿視一切，直至神域。當小二十坪走進廟內，原本的方寸小廟瞬間化為光與氣體的空間，沒有牆、沒有樑、沒有任何可觸摸的實體，彷似身在潔淨的雲霧之中。

「來了呀。」原本什麼也沒有的虛無中，因為這句話，出現一張茶几、兩張椅，而面容慈祥、髮鬢灰白細長的土地公正在那喝著熱茶。

小二十坪先欠了欠身，才坐上另一張特別高的椅子，剛好適合祂的身高。祂喝了口熱茶，瞬間溫暖發光。啊，土地公的茶就是不一樣。

「祢以前來過這裡，記得嗎？」土地公說。

祂搖搖頭，又點點頭。

「祢在這裡接受我的安排，才去了那間房子。這麼多年來，辛苦祢了，一定很寂寞吧？」土地公語氣的和藹，讓祂眼睛瘦瘦的。「但現在不一樣囉，祢有想要守護的人，對嗎？」

「是的，土地公。請教我驅鬼的方法，我會努力學習的！」

「自然要教祢。」土地公一笑，茶几上多了毛筆、墨水與宣紙，祂拿起筆示範，「最先要學會的，是怎麼畫鎮宅符。畫符最注重三件事，一正，二順，三心意。」

「『正』是正確，祢必須記得符的全貌，寫得好不好看是其次，但絕對不能多一筆或少一筆。」

「『順』呢，講求運筆順暢，越是不遲疑，符的力量越大。而在畫符的同時，祢要將心意與祝福，注入符文裡。」

土地公短短幾秒內，完成了以天語構成的符文，而符文被完成的最後一瞬，迸發金光。

「這樣有聽懂嗎？祢先在這裡練習看看。」土地公呵呵笑了幾聲，轉身離開去處理信徒之事。

被留下來的小二十坪，聽是聽懂了，但是否能完全做對，祂實在沒有把握。總之，祂先照著土地公示範的那張符開始練習。字跡先不說歪扭如蚯蚓，停頓猶豫的時間，大概會令廟口石獅打起哈欠。祂寫的符讓祂明白了，自己要成為稱職的地基主，還有好一段距離呢。但是為了老牛和小貓，祂一定會想辦法做到！

祂提起精神，寫了又寫，寫了又寫。縱使神靈感受不到疼痛，在練習一個下午後，祂竟覺得手彷彿不是自己的！不過更令祂擔心的是，以這種進步的速度，可能無法在鬼門開之前完成一張好符。

人間時間來到五點半，小貓差不多要煮飯了，祂得回家看著，避免她的手被菜刀切到。正低頭要走，土地公輕聲喚祂，定眼一瞧，土地公腳邊還出現了虎爺！那虎爺採以趴姿，眼睛半開半闔，似乎才剛睡醒，輕輕搖晃起頭，柔順的虎毛瞬間產生了波浪般的金光。土地公用拐杖逗弄虎爺，此刻的虎爺收起了銳氣，只是一隻慵懶的大貓，好一會才不太情願地挪動身體，露出藏在腹下的符紙，以及已被剪下並捆綁成束的金毛。

土地公將它們拾起，慎重交代：「這是虎爺加持過的鎮宅紙，孤魂野鬼最怕虎爺的氣味。等祢把符文練熟，再寫上去，就會變成擁有驅鬼法力的鎮宅符。切記，一張鎮宅符配一根虎毛，貼在所有門窗和縫隙上，自然會形成結界。」

「期待祢的表現，小二十坪。」土地公眉目溫柔地說。

祂謹慎接過，臨走前仍不斷回頭向土地公道謝。

□

為了趕在鬼門開前完成所有的符，小二十坪寫呀寫，畫呀畫，每天在宣紙上練習百次，字跡才終於從蚯蚓變成滑順的蛇，但祂的最終目標是希望可以練成仰天神龍那般霸氣！

中二十坪前來關心狀況，勸祂不用執著，現在的符文已經擁有保護家屋的法力，不如趕快使用虎爺的符紙與金毛，在家屋四周貼好結界。

「看，光是寫在宣紙上都能發光！已經夠了！」中二十坪又說，「寫得美醜不重要，重要的是心意。」

「寫得漂漂亮亮，那也是我的心意。總不能被鬼恥笑說字太醜吧。」祂繼續埋頭練字。

頭次當地基主的小二十坪，是很固執且要求完美的，不只字跡要如神龍神氣，祂甚至希望每張符看起來都要一模一樣，宛如是用印的。在畫出完美的符文之前，祂不想浪費任何一張符紙，畢竟那虎爺看上去也不是會隨意露出肚子、讓人取走符紙和金毛的個性……

正當祂即將畫出最滿意的第一張，小貓一句「沒看過這麼固執的人！」嚇得祂最後一筆落在錯誤位置，讓宣紙的白瞬間變成了黯淡的灰。下一秒，老牛則回說：「那是妳不了解，習慣了就不會麻煩了。」

發生什麼事？

祂扔下紙筆，急急來到客廳，見小貓和老牛兩人臉色都不好，各據沙發兩端，彷似隔著彼岸。幾十分鐘過去，他們還是沒有說話，只是瞪著電視新聞，讓主播的聲音填滿房子的寂靜。到底為了什麼吵架，祂完全沒有頭緒。

接下來幾天，祂專心聆聽他們的對話，試圖找出蛛絲馬跡。但是那一晚就像不曾存在，他們沒有互相道歉，也沒有再提起那件事。到底發生了什麼事？祂好想知道。

「祢不要再想了。」又來家裡拜訪的中二十坪說。

「祢覺得會是什麼事？」要是神明會因為煩惱失眠長出黑眼圈，祂現在肯定是隻小熊貓了。

「他們沒有再提起，應該是不用道歉也會和好的小事吧。」

「可是我看連續劇，很多夫妻都是因為小事憋在心裡，最後離婚的呀。」

祂一焦慮，又將自己的衣服扭得縐縐的。

「祢連續劇看太多了。」中二十坪露出一點也不擔心的笑容，「倒是鎮宅符準備好了嗎？」

「還差一張，畫完就可以貼上去了。」

祂那無力且失神的樣子，引得中二十坪直搖頭，最後提點了一些應該要貼符的地方後，便先回去了，留祂繼續像個找不到犯人的偵探。

小貓和老牛今晚都會晚些回家，祂便放任自己沉溺在自責與憂愁裡，連貼鎮宅符的時候，都哼唱著悲傷小調。祂將鎮宅符貼在紗窗、冷氣機隙縫、抽油煙機排風管、有著細微裂縫的牆壁、缺了一塊磁磚的外牆，以及鑰匙孔等四十八處。正當要在最重要的大門貼上符紙時，祂才發現少了一張符。少了一張，結界就無法被建立。

唉，祂嘆氣，垂著頭回到屋裡，拿出僅剩的兩張空白符紙。畫第一張時，腦中還想著小貓老牛的種種事情，字跡變得半蛇半龍（或者更像壁虎），簡直是失敗之作。

這下祂有些緊張了，剩下最後一張，千萬不能再出錯啦！祂拍拍臉頰，甚至站起來活動肩頸與四肢，有著游泳選手即將要跳水般的謹慎。祂預備跳水多次，卻遲遲沒有，彷彿看見虎爺在泳池裡張著嘴等祂。

幾乎是同一時間，如同想迴避卻避不了的厄運，那群好兄弟又回來了！

「嘿，祢在做什麼呀？讓我們進去看電視好不好？」烏鬼語氣和善，似乎忘記上次的爭吵。只見烏鬼快要迎上窗戶，又退了幾步，瞪大眼睛觀察家屋四處，「祢竟然貼了鎮宅符？真的很不講義氣耶！」後頭的鬼也發出附和的咂嘴聲。

小二十坪看了看窗外，又看了看符紙，兩種迫在眉睫的壓力，逼得祂口吃：

「就、就跟祢們說了，不、不要進來呀。」

好了，小二十坪，專心一點，趁祂們還沒有發現結界不完全，趕快畫完最後一張符，貼在門上，就安全了。祂對自己打氣，握著筆的手卻不斷發抖。

外頭的鬼正在討論是不是去別的地方，但烏鬼覺得沒面子，還在原地猶豫。我們趕快走吧，那部連續劇今天是完結篇耶，沒看到就不知道殺人凶手是誰了。其中一個鬼說。烏鬼心動了，打算前往另一棟常去的廢棄大樓，六樓遊民的家有一台電視，雖然偶爾會有雜訊，但總比沒有電視可看要好。欸，等一下，另一個總是能猜出凶手是誰的鬼說，祢們不覺得奇怪嗎，有鎮宅符，卻沒有金光結界？

聰明的烏鬼立馬明白了，笑容之得意令人毛骨悚然，「一定有什麼地方沒貼到鎮宅符！兄弟們，分頭找，找到了，就可以進去看完結篇囉！」

小二十坪瞬間全身顫抖。完蛋了完蛋了完蛋了，祂心想。

不對，鬼不會這麼快就發現的，發現偏偏是最明顯的大門沒有貼到符。祂們從左右兩側分開巡視，必是到中間才會相會，而那中間，就是大門所在。

專心點。祂閉上眼，閉上所有神能知覺到的，只專注在握筆的手。祂在心裡練習了一遍，一張完美的符要怎麼畫。同時，祂也想著小貓和老牛的臉龐。他們是祂身為地基主第一次守護的人，祂要他們平平安安。有祂在，什麼也無法傷害他們。

小二十坪以閉眼之姿，下了筆，在幾秒之內，猶如觀世音菩薩腳下的蓮花綻放，流暢完成了一張符文最完美、心意最滿盈的鎮宅符。

同一時間，某個鬼喊起來，「老大，是大門！大門沒有貼符！」

「走！我們過去！」烏鬼大喊，祂們準備一起突破重圍。

小二十坪的速度更快，祂飛奔而去，將鎮宅符貼在大門正中央。剎那金色結界如閃電，沿著家屋四角成形。光亮之強，令群鬼用手遮住了雙眼。

光緩緩退去後，小二十坪與烏鬼在結界兩邊對望，彼此再也沒有相通之路。祂們在顏色漸淡的光裡，想起許多日子來，因為有彼此而不再孤單的日子。

「真可惜，我會懷念祢的。」烏鬼說，面容不再猙獰。

「不要再當孤魂野鬼了，去找城隍爺報到吧。」小二十坪只能這麼說，祂衷心希望烏鬼能趕快超生，再投胎做人。

「哼，做人有什麼好，生老病死，愛別離苦。」烏鬼又想了想，「如果真要做人，希望能住進有祢在的房子。」

小二十坪很想哭，忍著不掉的眼淚，眼前一切都慢慢模糊起來，而烏鬼就在淚眼濛濛中，消失了。

耗盡所有力氣的小二十坪，緩緩降落在沙發上，打起瞌睡，直到被小貓與老牛的爭執聲吵醒。他們似乎在討論明天要準備的東西，小貓直說麻煩，她娘家以前從沒有這個習慣。而且有了第一次，就不能間斷，壓力好大喔，她說。以前長輩是逢年過節都會準備，我們固定一年兩次就好，老牛說。他安撫似地又說，水果、酒杯、金紙、金爐、香都我準備，明天妳只要去買兩個便當就好。小貓噘著嘴沒有回應，引得老牛最後說，算了，地基主我自己拜就好，全部都我準備，這樣可以嗎？

小二十坪終於聽懂了，原來「祂」就是造成他們吵架的主因。這一刻的震撼，好比山崩或地裂，在心裡餘震不斷。身為家神，沒有什麼比一家和樂平安還重要。此刻他們卻為了祭拜問題而爭執，這不是祂想要的……

聽老牛那麼一說，小貓脾氣也上來了，提高了音調，說：我不是不想拜，但你要想我們是住公寓，金紙要去哪裡燒、金爐要放在哪裡？經驗老到的老牛也想好對策：可以去一樓燒呀，金爐可以放地下室，我看其他住戶都是放那裡的。我們這個世代的人哪有在拜地基主的，我朋友可能連「地基主」都沒聽說過，小貓又說。老牛語氣變冷了，這是心意，妳不想拜沒關係，我自己拜就好，我剛剛不是這樣說了嗎？他們的對話一來一往，誰也不讓誰，似乎走到沒有解方的盡頭。

小二十坪不知該怎麼辦，又不忍心聽下去，只好逃到中二十坪的家屋。此刻的中二十坪，正從角落撿起小花尋找已久的油畫顏料條，被小二十坪的突然現身嚇了一跳。

「怎麼了？發生什麼事？」中二十坪問了好幾次，小二十坪還是抿著嘴，不願開口，彷彿那些話語會咬傷祂。直到祂看見小花的餐桌上，擺了一支剛出爐的烤雞腿，祂才終於放聲大哭。

「我一點也不想吃雞腿了！」祂說，「我只希望他們開開心心的！」淚水一顆顆落下，像果實滾得滿地都是。因為哭泣，祂只能斷斷續續地描述事情經過，祂懊惱，祂自責，都是因為自己他們才吵架，否則他們原本是感情多麼好的新婚夫妻呀……

中二十坪的安慰很有限，只能等祂冷靜下來。

「他們會不會因為這件事離婚呢？」思及此，祂眼淚又止不住地掉。

「不會的，人類的感情沒有這麼脆弱。」中二十坪語氣平和，再三保證，終於讓祂好過了點。

祂們一起坐在客廳，深陷柔軟的沙發裡。這個家的所有一切，都納入祂們的視線中，那有著普普風小鳥圖案的浴簾、小花撿回來的木塊、裝滿草稿的垃圾桶、尺寸不一的油畫布，以及正低頭做飯前禱告的小花，都被祂們以最溫柔的心情看守。這樣寧靜美好的夜晚，大概是每個地基主夢寐以求的吧。

小花洗淨了手，以阿門作為結尾，愉快吃起烤雞腿，還邊說好吃好吃。

「小花是基督徒，祢就可以完全死心了，對不對？」祂忽然羨慕起中二十坪，可以從一開始便無所期待，「我是不是太貪心了呢？」

中二十坪沒有回答，但是對眼前景象，揚起了一如往常的滿意微笑。可能幸福感是會傳染的，小二十坪也一起笑了。

□

小二十坪是被奇怪的聲音喚醒的，那聲音從好遠好遠的地方傳來，無論喃喃著什麼，都直通祂耳底。不只是聲音，還有氣味，祂一直聞到焚香味。祂環視四周，好一會才發現自己還在中二十坪家裡。對了，祂們聊得很晚，幫小花蓋上棉被、打開夜燈後，還在陽台俯瞰月光下每戶人家的燈火，直到疲累抓祂們入眠。

聲音與氣味不斷浮現，接著古袖裡冒出陣陣輕煙。慘了！該不會是小貓和老牛出事了吧？是火災嗎？地基主要怎麼滅火呢？

祂搖醒中二十坪，「快！可能出事了！陪我去看看！」

中二十坪目光瞬變，但語氣裡的急迫卻不同於小二十坪，還帶了笑意：「快回去！這是他們在點香了！」

「點香？」

在中二十坪露出的神祕微笑裡，祂突然懂了。

只是一個眨眼的時間，祂便回到了家屋。廚房裡已經擺好三個酒杯、三種水果、一份金紙、數種零嘴餅乾與養樂多，以及兩個便當。滿滿的，好豐盛呀。而且所有吃食彷彿都照著看不見的格線整齊排放，祂猜想這一定是老牛擺的，法律人追求精準的職業病呀。

祂也可以想像，早上的老牛肯定就像指揮官，說拿筷子來，小貓就拿來筷子，還要小椅子。要小椅子做什麼？小貓問。地基主身高小小矮矮的，需要凳子才吃得到菜呀。小貓似懂非懂，趕緊把小凳子拿來，再三確認會不會不夠高。雖然要準備的東西不多，但沒有經驗的他們，肯定為了張羅吃食與用具而忙亂不已。

他們點好了香，站在通往陽台的連接處，雙手持香朝屋內廚房敬拜。老牛只是在嘴裡默唸，禱詞卻隨著裊裊香煙來至祂的耳旁。

「今天是中元節，我們準備了便當、水果、飲料、零食，請地基主享用。由於我們是素食主義者，所以準備了素食便當，希望您會喜歡。感謝地基主對這個家的守護，未來還請您繼續保佑我們身體健康、平安順利。謝謝。謝謝。」

那禱詞裡的尊敬、虔誠與感謝，讓祂聽著聽著，眼睛慢慢濕亮起來。

啊，原來這就是雞腿的滋味。祂終於知道了。

〈雞腿的滋味〉完

島嶼上的神祇——地基主

守護家屋的神明，也有人認為是祖先或孤魂，無論何種說法，地基主皆具有守護家屋、保佑平安的祭拜意涵。祭拜時間依習慣而異，可依照重要節慶或初一十五，只要開始祭拜就要持續。供品準備上，絕對少不了雞腿便當，另地基主在民俗形象中身材矮小，供桌前須放置一張矮凳供祂使用。

歸

天才亮，朱榮伯就迫不及待地搭車來到風城。

朱榮伯家住遠在幾座山頭外的深山，來這裡，要轉三次車，前前後後得折騰三小時。可是，他還是來早了，足足早了半天之有。無論如何，他都想先來看一看。

城隍廟，此刻只有志工在早掃，虔誠的人潮還未醒。他持香進廟，將裡裡外外的每尊神明，都慎重拜了拜。城隍爺坐鎮正殿最深、最高處，身披金紅錦袍，頭戴大紅相帽，面容與長鬚都是純粹的黑，並以銳利又祥和的目光垂視世間。看見城隍爺，他甚至把枴杖放一旁，不顧左腳殘疾，八十多歲的身軀跪在軟墊上，叨叨絮絮報上名字、生辰和地址，期望祂應許自己的心願。下意識，他撫了撫胸前鼓鼓的那塊，沒有人知道外套裡塞的是什麼。

時間還早，他跛著腳，在附近找了家老旅館休息。他忍不住向老闆打探：「聽說今天是每六十年城隍爺審鬼的日子，只要在夜半十二點進廟就能看見，是真的嗎？」

老闆想都沒想，「怎麼可能有這種事？我從小在這裡長大，從沒聽說過！」他見老闆的山羊鬍剛硬黑亮，大約三十出頭，出生的時代肯定已經不太相信鄉野傳奇了。

進了房間，他一會坐一會站，被心裡的兩個意見困擾著。

每六十年的今日，若在夜半十二點進城隍廟，就能看見城隍審鬼。為了這事，他曾大老遠跑來找過廟公，廟公直說無這款代誌，如同旅館老闆那樣的明確否定。

他清楚記得，第一次得知這傳聞的那天，天氣晴朗無雲，陽光將能照亮的都照亮了，彷彿神明想好好探一探人間的善惡。他與隔壁村的菜媽在庭院喝春茶，說起天下怪事真多，順著這話題，她把從遠房表姐那聽來的，又仔仔細細說一遍。遠房表姐的阿爸，為了躲賭債，己亥年某夜踏進城隍廟，隔天被廟方發現他倒在主殿不醒人事，醒來後，直嚷看見好多好多鬼、好多好多鬼差神吏。遠房表姐說，沒有人把他的話當真，但那天之後阿爸就不再賭博了。菜媽其實是以講笑話的語氣在說這事，如果城隍爺本事這麼大，她也想去看看，看能不能戒掉多年菸癮。

好呀，我們結伴去。他是這麼回答她的。

你憨啊，伊阿爸看到的鬼吏說，六十年才有一次機會，我們還要再等二十幾年咧，到時候說不定我就不在囉。想不到菜媽無心的一句話，竟成真了，過沒幾年，她便肺癌病逝。

這轉了幾手的消息，真實性已經不可考，然而朱榮伯一直記在心裡。與其說他毫不懷疑一位賭鬼的經歷，他滿心希望這是真的，並將它當作這輩子最後的機會，否則不知道如何活下去。

在滿懷期待與害怕落空之間，朱榮伯成日待在房間內，敬敬畏畏地等待時間到來。好不容易熬到十一點一刻，他再也忍受不了，決定先去廟前等。

他懷裡揣著紙袋，穿越已經打烊的攤販區，陰暗中聞到的食物氣味，幽魂一般長年在此遊盪。暗處的老鼠與蟑螂，早已習慣人類作息，這種時候才會經過凹坑的積水和油膩的桌椅，複製鬼魂的腳步聲。一位要去見城隍爺的老人不怕這些。

十一點四十分，當他站在大門緊閉的廟前，才意識到這個問題：「怎麼進廟？」多年等待的歲月，化作最銳利的白刃，瞬間將思緒砍成兩半，他只能傻傻站在那裡，直瞪著廟門，嘴巴像要喊些什麼地張開。推了推廟門，廟門堅決的姿態似千年長城。既焦慮又慌張，他沿著廟牆，穿越緊鄰的一個個攤位，期望尋到別的小門，露出魔幻般的微光讓他進入。摸黑繞了好幾圈，沒有任何一扇門為他開啟。想著自己再也等不到下一個六十年，絕望的心情像腳鍊，拖著他一大早過度期待而耗盡氣力的身體，再也走不了半步。

死了再來向城隍爺請罪吧。他擦掉眼淚，決定走回廟門磕下三個響頭後，繼續背負罪行度過餘生。

十一點五十五分，離廟門只差十幾公尺，他遠遠看見一個黑影緊挨著廟門，發出金屬摩擦聲。清脆一聲的喀，在寂靜夜裡顯得特別冷峻。黑影開了廟門，竄了進去。趕緊地，他也從半掩的門進廟。裡頭，光影晃晃，一半明，一半暗，除了神明案前的燈依舊亮著，其他燈大多都熄了。

十一點五十七分，他在神明與樑柱的影子間，看見剛剛那個身影，外型年輕得不得了，似乎還只是高中生。那小子頭戴鴨舌帽，從後背包拿出兩個盒子，鎮定又輕巧地打開油錢箱，接著錢幣滾動的聲音像傍晚的海浪，一波波襲來。同時，小子在錢海裡拾起鈔票像拾起浪花，快速準確地裝進盒子裡。

十一點五十八分，朱榮伯沒有思考後果，大喊出聲：「小子！你怎麼敢偷神明的錢！」聲音迴盪在整座三川殿和正殿，百年靜止不動的神像都要因此而驚醒，那小子自然嚇得掉了許多錢幣。小子回頭，評估情勢，看見對方只是一個跛腳老頭，便抓緊鈔票，打算以敏捷身手繞過他，從原本的入口離開。

十一點五十九分，「小子！你別跑！」他用拐杖將其絆倒，小子摔了一跤又爬起，速度快得如從未跌倒。此時，小子離門口只差一步。

十二點整，一陣強風用力把廟門關起，小子還沒來得及踏出，反被風往後吹倒在地。

那陣不知從何處湧入的風，從三川殿吹進正殿，再從正殿吹進後殿。朱榮伯抱著正殿的大柱，衣褲都灌滿了風。在如此混亂當中，他隱約察覺所有燈都在一瞬間點亮，四面牆壁都往後退去。甚至退去的不只是牆壁，連神桌、櫥櫃和柱子，全都退得老遠，彷彿這座廟以正殿為中心，正為自己擴充出一塊乾淨的腹地。

少了可以倚靠的柱子，他跪坐在地，等待強風過去，像極沙漠中遇見暴風的朝聖者。接著，他聽見木杖擊地的聲音越來越近，兩旁忽然站滿一排身穿古代官服的差使，而在他眨眼的一瞬裡，平空又出現多張雕刻細緻的黑檀木桌，兩張、一張、一張地往上排序。燭光晃了一下，桌案都坐上了人。遠遠的，從四周看不清的地方，傳來悲戚的哭嚎、低喃的自語，聲音彼此堆疊迴盪，仿若空間裡擠滿上百人。他往後張望，除了嚇得手腳無力的小子外，空無一人。

啪的一聲，第二層那張桌子的，用力敲打了桌面，「肅靜！己亥年的審判要開始了！」祂的臉，一半黑一半白，聲音融合了男音和女音，彷彿有兩個人同時說話。語畢，四周幽魂般的聲音都消失了。

「下面，好像有人？」上頭傳來另一個聲音。凡是聽過那聲音的，都會被其威嚴似岩石的聲調，逼得收攏手腳、坐直身體。

他知道，那就是城隍爺。

他趕緊以五體投地的姿勢，將額頭緊緊貼在地面，「城隍爺，小人……小人是朱榮伯……」

趕著他話說下去的，是第三層桌子右邊那位，祂邊翻生死簿、邊以書生特有的緩慢語調說：「朱榮伯，一九三〇年彰化二合村出生，五歲喪母，六歲險些溺死，十三歲喪父，二十五歲娶妻，五十二歲喪妻，唯一的女兒舉家遷往加拿大，壽終……」

「文判官且慢！天機不可洩露。」黑白臉的那位說話了，文判官則用咳嗽掩飾失誤。「朱榮伯，今日是睽違一甲子，城隍爺於人間審判孤魂野鬼的日子，你來是為何？」

「小人，要向城隍爺請罪，小人少年時偷過米……」

「你偷了多少？」

「大概兩斤……」

「的確是兩斤，時間是甲申年五月三日午時。」文判官甚至盡職地查出詳細時辰。

「數量雖不多，但你這罪到了十八層地獄仍要受刑，就算此刻懇求城隍爺也沒用呀。」黑白臉搖搖頭。

「不！不是的！小人不是來求免罪的，是想去報恩呀！」他說這句話時，眼淚因為過度激動而噴落，「因為受了那戶人家老爺的恩惠，小人才能活到今日！可是，後來怎麼也找不到他們……小人知道人世間的所有罪，都會記錄在生死簿上，所以想求城隍爺幫忙，能不能告訴我那戶人家如今在哪？」

神官們從沒聽過這種請求，一陣私語，面面相覷。這老伯隻身前來城隍殿，只為了數十年前幾斤米的恩情。

他見城隍爺沒說話，趕緊又從懷裡掏出紙袋，「小人不是開玩笑！這是小人準備償還恩人的十萬，還有這是恩人給小人的！」他手上拿了一疊十萬元紙鈔和一只香囊。

「小人一直把這香囊好好保管著，就是想親手還給他……城隍爺、各位神官，拜託，拜託幫幫小人！」他以老邁的身軀不斷磕頭。

「朱榮伯，無論路途多麼艱苦遙遠，你都願意去嗎？」城隍爺的聲音裡宛如閃電，為他劈亮一道路。

「願意！」

「好。你的恩人就在這裡。」城隍爺的話語變成柔和白光，緩緩飄來，他伸手接捧，白光變成一張紙，紙上寫了一個地址。

「謝謝城隍爺！小人馬上啟程！」

「且慢。下面還有一人。」語畢，原本蜷縮在角落的小子，唰地被無形力量帶來堂前。他臉色蒼白、全身發抖，彷彿剛掉進冬天的海裡。

文判官興致高昂唸出他的罪行：「啟稟城隍爺，他是黃承，現年十九，戊戌年六月八日未時偷過關帝廟香油錢四千五百三十二元，同年九月十六日申時偷過財神廟香油錢六千八百零五元，還有丁酉年……」

「饒饒命呀……我知道錯了！對不起！我再也不敢了！」

「黃承，你年紀輕輕，就如此膽大妄為，該當何罪！」黑白臉再次拍響桌面，神官們也彼此低語，隱約在說竟然敢偷我們城隍老爺的香油錢真是不要命了，油鍋伺候，不，刀山伺候！

正當滿堂神官憤怒討論刑罰時，城隍爺說話了：「陰陽司公，就讓他陪朱榮伯尋恩人，將功折罪。」朱榮伯和黃承的右手腕，頓時浮現一條金線，彼端相互綁著。

「是。黃承，你聽見了吧，要是你敢耍小手段，我們會找到你。」黑白臉的陰陽司公對於這樣子的輕判有些惋惜，「好了，朱榮伯，黃承，這裡不是你們該來的地方，出去吧。」

還來不及反應，他和小子已經到了廟外。

天依舊漆黑無光，遠處有幾聲狗吠，其他景物如進廟前一般死寂。看了手錶，此刻才十二點過兩分。

「嗯，那不是真的吧……」他還未回答，小子便吐了一地，昏倒了。

攤開手中緊緊握住的紙條，朱榮伯知道，這一切都是真的。

□

清早，朱榮伯回到廟埕，叫醒在地上睡了一晚的小子。不過，這小子起床氣可大了，特別氣他就這樣任自己倒在地上一晚。他只回了句，我搬不動你哪有什麼辦法，氣定神閒地。

他們在廟口喝粥，小子似餓了多天，喝了好幾碗粥，或者單純覺得是他付錢，自然要多喝幾碗。

「欸，老伯，你說昨晚我們看見的，是真的嗎？」

「當然是真的，這就是城隍爺給的紙。」他拿出那張極為潔白的紙，地址是用毛筆寫的。

「欸，老伯，這上面寫的是琉球耶！會不會太遠了？還要搭船耶！」

他愣了一下，有點不確定地說：「屏東外海的那座小島？要搭船呀……」

「你現在才知道？」對於這種反應，小子似乎明白了，「老伯，你該不會不識字吧？」

他沒有說話。

「哇靠，老伯你真的有夠威的！為了找恩人去找城隍爺，結果現在還得跛著腳又不識字，一個人去琉球？服了你呀！」小子毫不留情地嘲笑。

「小子，我不是一個人，還有你。」他舉起右手，一條捆綁著他們、只有他們能看見的金線，正閃閃發亮。

雖然不甘，小子還是幫忙買了兩張南下的火車票。幾乎是想到什麼說什麼，小子先是抱怨去小島要搭火車、轉計程車，再轉遊艇，路途遙遠又花時間，一路上還只能跟他大眼瞪小眼，更不用說交通費可多了！囉囉嗦嗦像個閒來無事的大嬸，看所有事都不順眼。

這麼一說，他倒也覺得不好意思。雖說是城隍爺的安排，但尋恩人這事確實與小子無關呀。況且，若不是有這小子，怎麼到從未去過的島嶼，他還真不知道。這時，銷售小姐推餐車經過，他叫住她，買兩瓶水，又問小子想吃什麼，小子挑東挑西，最後選了捲心餅乾和洋芋片。

「我可沒錢給你喔。」小子滿嘴的洋芋片。

「放心吧。路上花的錢，我付。」小子嘟囔一句，這還差不多。他又想著，小子跟他出來，家裡的人會不會擔心呢？

「擔心？屁。他們才不管我死活。不然我幹嘛去偷神明的錢？啊不過，神明也真小氣，那麼一點錢給我，祂們也不會少塊肉。而且，祂們在天上哪用得到錢？老伯，你說對吧。」小子吃東西的速度很快，已經打開第二包零嘴。

「錢不是你的，就不能拿。」

「別對我說教！」小子用力把零食塞進座位前方的網袋，起身，「我去尿尿！」

被小子這種態度衝撞，他其實不感覺被冒犯，比起遠在加拿大、多年才能見上一面的乖巧孫子，小子更像年輕的自己。對於這個世界的任何事情，都存在說不出原因的恨，彷彿世界欠了他許多，他要從中找地方踹個兩腳，踹出縫隙來獲得安慰。那大概也是因為他不懂得愛。愛，是孤獨之人無法觸碰的。小子現在或許就跟年少的自己一般孤獨。思及此，他期望能幫助小子，哪怕是一點點也好。

綁在手上的金線突然被拉緊，他探頭一看，只見金線穿越車廂不斷往後方延伸。小子想要脫逃嗎？他不安地時時回望，約莫十五分鐘後，小子終於回來了。

「老伯，你知道這條金線可以拉多遠嗎？我大概走了五個車廂耶！然後就走不了了……」小子的語氣同時充滿驚訝和失望，令人覺得，他真的只是一個孩子。

「我答應你，我們快去快回，你早點回家。」

「我也不是那麼想回家。既然都到島上了，不如玩上幾天吧？」小子把智慧型手機拿給他看，裡面都是島上好吃好玩的。

「不行不行，我們還得趕快回來向城隍爺稟告。」

「這麼認真幹嘛。不過是兩斤的米，竟然要給對方十萬元！你該不會不知道現在的米價吧？」小子關掉燦爛蔚藍的風景照，玩起手機遊戲。

「小子，你沒有活過日據時代吧？」小子不開心地說，當然沒有。「那時候因為第二次世界大戰，米全部都被徵收，一般百姓是吃不到白米的……」

□

一九三〇年出生的朱榮伯，日本名字是豐田榮太郎（Toyota Eitaro）。當時推動皇民化，台灣人也要改為日本名字，姓氏取自日本大企業，名字通常從原名選出一字，若是男孩後面便加「郎」、女孩則加「子」。

榮太郎的家族是賣布的，戰爭一開打，布料無法進口，只好改為種田。種什麼呢？就種日本人要求的甘蔗。對他來說，甘蔗是小時候少數開心的記憶，在樹蔭下吸啃從田裡鮮採的甘蔗，是孩童專屬的無憂無慮。然而，對榮太郎的家族來說，種甘蔗不一定是件好事。

諺語說：「第一憨，種甘蔗互會社磅」，說的便是當時日本製糖廠單方面決定價格，偷斤減兩，價格不公，只有傻子才會種甘蔗讓他們收購。

而榮太郎的母親死得早，不諳農事的父親，在他十三歲時出海跑船，掉進海裡溺死了。在那個時代，沒有人是過得好的，親戚們都自身難保，榮太郎只能自己想辦法活下去。他在許多地方做過學徒，沒有耐心和毅力，什麼都學不好、學不久，不知道下一餐在哪裡、明日會是什麼模樣。內心與身體的飢餓，讓他看起來永遠都是瘦瘦、黑黑、乾乾的。日本人笑說，那是下等公民的樣子。

這些不斷累積的憤怒與悲傷令人墮落。他，開始偷起東西，番薯、零錢或是剛蒸好的菜粿。後來，他聽說鎮上一戶人家，晚上都會吃熱騰騰的白米，他的野心於是變大起來。無論如何，他也想吃上一口白米。

如同蔗糖一般，好幾個月辛苦耕種的稻米，一熟成就會被日本人強制徵收，種多少便收多少，台灣人只能望著卻吃不著。唯有一些膽大的農家，每次收成會私藏一點，偷偷拌著番薯一起吃。那是錢也買不到的珍貴。

但那戶人家不是一般農家，他們與日本人做生意，關係密切，吃穿都好，時代對他們沒有造成影響。附近鄰人都說他們是日本走狗。既有錢又是日本走狗，榮太郎毫無罪惡感，一心只想吃Q軟的米飯。

連續幾日在附近勘查後，他算準空檔，翻牆進去，找到米缸。沉醉在手裡流動的白米像海沙的觸感，他忍不住抓了好幾把進袋子，卻沒想被主人撞見。主人愣愣望著他，似乎還沒想好怎麼反應。倒是他，一想到被日本警察大人逮住的下場，隨手拿掃帚朝對方打去。對方措手不及挨了幾棍後，才反抓掃帚另一端。兩人無聲對峙，將彼此從頭至腳好好打量一番。相比榮太郎跟乞丐沒兩樣的落魄，對方每一處都散發商人雍容的氣質。

「囡仔，你敢是欲拿乎厝裡的人呷？」

榮太郎見對方講的是台語，敵意減了些：「我厝裡無人，只有我一人。」

或許是這句話，對方釋出善意放了手，招手要他過來。他像被招魂般，乖乖走向前，忘記自己手上正拿著偷來的米。對方解下身上的葫蘆形扁香囊，親自為他戴上。

「端午欲到了，囡仔人要掛這個保平安。就算生活艱苦，你嘛袂使偷人的物件，知影呢？做人要有志氣，莫學壞！」對方說這些話時，眼裡的光，他一輩子也忘不了。

忘不了的，還有偷來的白米的滋味。榮太郎吃第一口，就掉下眼淚。後來他一次只捨得吃一粒，偶爾會將掛在脖子上的香囊拿來嗅聞，彷似白飯的配菜。他想起父母，想起恩人（當下他在心裡已將對方視為永遠的恩人），那時候，他還不清楚靈魂是什麼，只知道在內心很深很深的地方，眼淚從那裡不斷流出，感到既溫暖又孤獨，似乎世界沒有將他完全拋棄。遠處有光，只是不知道自己何時才能走到。

走進恩人眼中的那道光裡。

這一天之後的每一天，榮太郎像變成另外一個人似的，別的學徒不想做的，全部主動去做，彎著腰、跪著膝，頭上頂著艷陽與暴雨，沒有抱怨過一句。他後來拿到的薪水比一般學徒還多！然而，世界局勢變化，第二次世界大戰開始，日本招募台灣人去南洋當軍夫，他認識的好多人都去了，卻沒有回來。這段期間，他忍著牙，躲空襲，內心只期盼戰爭早日結束，以及存滿十元去報恩（十元，在當時可是接近醬油工廠工人一個月的薪水呀）。

一九四五年日本戰敗，日本人紛紛回到日本，同一年，他在路上奔跑，出汗的手心緊緊握著十元，一路跑到恩人家門口，發現門半掩、裡頭空無一人、宅邸猶如廢墟……他的失望隨著汗水落地，被土地無聲吸納。

□

「他們去哪了？」小子難得把這個故事認真聽進去了。

「沒有人知道。聽說是擔心日本人走後被當賣國賊算帳，晚上偷偷搬走了……」不僅記得白米的滋味、香囊的香氣，朱榮伯也記得人去樓空的徬徨與失落。

「老伯，我想看那個香囊。」

那個香囊被保存得很好，葫蘆上的平安繡字和牡丹繡花都還在，只有布稍微褪色，從正紅變淡紅，仍不減手工的精緻。小子拿來嗅聞，淡然無味。

「若不是恩人相助，我呀，不是餓死就是被警察打死，活不到今天。小子，你說那兩斤的米，這個恩我要不要報呀？」

「老伯，那位有錢的好心人可能已經死了……」

「我知道。就算這樣，我也要到靈前上香，也要把這個恩回報給他的後人，才不枉這輩子的每一日。」他握著香囊，如同年少那日握著十元，握得很緊很緊，緊得出汗。

「一定要找到他們。」他將視線望向車外，彷彿已經抵達恩人面前。

□

轉乘計程車抵達屏東東港時，正要中午。等船期間，他們去了一間小子用手機查到評價不錯的海產店，石斑、透抽、生魚片通通上桌，還有煮了薑絲的清甜魚湯。

小子發現朱榮伯下火車後，臉色一直不好，彷似中暑又彷似暈車。坐上船後，狀況更是急轉直下，額頭布滿汗珠。

「小子，船要坐多久？」

「半小時。」

「這麼久……船應該安全吧？」

「老伯，你不是怕坐船吧？」

朱榮伯實際上怕的是水。他記不清自己六歲怎麼會差點溺死在溪裡，往後偶爾還是會作溺水的夢，他手腳揮動掙扎，水還是從鼻子、從嘴巴、從身上任何有孔的地方進來。他看過出海溺斃的父親的屍體，泡了水的，浮腫的，模糊不清的，絲毫無法辨認的父親。這些，都加深他對於水的恐懼，並且一輩子都避免離水太近，遑論是坐船了，他連漁港和湖泊都不去。

「還是，還是我們別去了？」

「不行！一定要去！」為了恩人，他無論如何要撐過去，就算要他泳渡台灣海峽，也要做到！

快艇行駛在海面上，今天風浪不大，仍有破浪而行的顛簸感，一高一低，一波一波。每當行過更大的浪，船上的孩童會以哭喊聲迎接下墜感，他則是閉上眼睛，緊緊抓住座椅把手，發出呻吟。又來一陣大浪，小子直接握住他的手，給他強而有力的安慰。「老伯，別怕，我們會平安到的！」他太過難受，只用力點點頭。

好不容易下了船，一上岸，暈眩支配他的平衡感，沒來得及弄清楚他是先跌倒，還是先暈倒，他便倒在走道上，一動也不動。

□

朱榮伯是在島上的小診所醒來的。醫生說，只是暈船沒有大礙，驚訝的是，老人家這樣跌倒只有皮肉傷，真是幸運。他在診所休息一會，都沒見到小子。小子呢？護士小姐說，好多人把他送進來，她不確定哪位才是他說的小子。

他又坐了一會，凝望熱烈得刺眼的日光。想到什麼似的，他摸摸側背包，裡裡外外翻了好幾遍，裡頭有常吃的血壓藥、皮夾和小餅乾，唯獨那包裝有十萬元現金和香囊的紙袋不見了！他又摸摸手腕，連城隍爺綁的金線也消失了！他兩手一攤，思忖著，小子終究沒有克服自己的心魔嗎？

問了最近的城隍廟在何處，他步出診所，腳步有些踉蹌。這裡的城隍廟，用三塊紅色弧狀鐵皮搭出廟埕，一走進廟裡，兩大兩小的謝、范將軍立於旁側。他並不是來告狀的，一來是向城隍爺稟報自己平安上岸，二來則替小子說好話，說小子一路是如何幫助他，就算小子真的帶走他的錢回台灣，他也不會責怪，只怨自己力量不夠，沒有讓小子回歸正道。他再三請求城隍爺不要懲罰小子，直到大批遊客進來參觀，才黯然離開。

好了，一位跛腳又不識字的老人，接下來怎麼辦？

朱榮伯走到比較熱鬧的馬路，從郵局再領十萬出來，而後便在郵局門口盼著會有計程車經過。他不知道小島之小，可能連計程車都沒有，遊客都是騎機車環島，環島一圈四十分鐘不到。他站得直挺，不敢坐下，生怕錯過黃色的車，兩腳已痠得發疼。還好，城隍爺保佑。一名在地警察查覺異狀，覺得老伯面孔陌生，不是本地人，又一臉憂愁茫然，於是上前搭話。警察問了許多問題，他都如實回答，唯有警察問：「你一個人從台灣來？」

他才說謊：「對，一個人。」他不想讓小子惹上麻煩。

警察看了紙條上的地址，熱心表示可以載他一程。他們沿著島的中貫路，從北端到南端，沿路風景像兒時記憶裡的台灣，民宅都不高過四層樓的樸素簡單，偶有小廟和草地，背景則是清藍得無可挑剔的遼闊天空。

十分鐘後，他們抵達恩人家門口。

朱榮伯按下門鈴，來應門的是高大黑壯的中年男子。男子聽了他的來歷，雖然滿臉疑惑和懷疑，還是請他進大廳坐。男子走進房子深處，似乎與妻子正在討論這件事，說話聲透過走廊放大和迴響，嗡嗡嗡的，彷彿是從海洋另一端傳來。

一會，女子端了熱茶出來，用台語微笑地說：「阿伯，請喝茶。你講的代誌，我不清楚，等阿爸下來，你講予伊聽。」

只見男子攙來一位與他年紀相近的老人，對方的臉與手都布滿歲月的斑紋，瞇著眼，似乎誰也看不清。女子說，阿爸有些老人痴呆，不太認得人，小時候常聽阿爸說整個家族原本是在台灣，直到阿公那輩才搬來，但實在不肯定是不是老伯要找的人家。

於是，朱榮伯對著老人，重新又說了一次，關於日據的台灣、犯了偷竊罪的自己，以及當初所領受的恩情，他認為老人的爸爸就是當年幫助他的恩人。

老人點點頭，表情卻很苦惱，因為從沒聽父親說起這些事，反問他：你怎麼肯定是我們家？他又將半夜進城隍廟，城隍爺顯靈幫忙的神蹟，仔仔細細說了一遍，甚至拿出紙條為證。老人又問，香囊還在嗎，若能親眼看到或許可以想起什麼。他急急說，香囊沒帶在身上。老人嘆了口氣，語帶抱歉，表示幫不上忙。他心開始慌了，將現金袋放在桌上，表示他是來報恩的，希望允許能在恩人靈前上香。

這個舉動倒是讓這一家人起了戒心，他們倒不是懷疑老伯居心不良，只是在無法確定真實性的情況下，這筆錢怎麼敢收？收了會不會引來麻煩？老伯會不會也患有老人痴呆，誤認錯人呢？

他們很客氣地解釋，可能找錯人家了，或許可以去別的地方問問，請他離開。他遲遲沒有站起來，想要再說些什麼，卻語塞無言。記憶因為被光陰覆蓋，全變成模糊的光圈，柔化得沒有細節。只有那瞬照亮人生的光，千真萬確。然而，他該怎麼證明那瞬光的存在？

「老伯！你在這呀！」那人在門外大喊，背景滿是小島午後的逆光。

啊，是小子！

小子開門進來，一將香囊拿出來時，老人說話了。

「是阿爸的香囊！是阿爸的香囊！」老人將其拿在手裡，眼眶湧著淚水，細細撫摸，反覆翻看，「阿爸最愛葫蘆，每年端午他只配葫蘆形的香囊，這個字和牡丹都是阿母一針一線縫的……我不會記錯……這真的是阿爸的香囊……」

「你真的見過我阿爸……」老人不斷抹掉眼淚。

「是，是，他是我的恩人，我的人生是他給我的。」他幾乎是邊哭邊說這句話。

「走，我帶你去看他。」

老人牽起他的手，來到三樓神明廳。他們點上香，老人先是恭敬說明今日奇妙的際遇，接著換朱榮伯一吐數十年的掛念，說起那日之後，自己如何辛勤工作，也曾回到原處想要報恩，還有幾歲娶妻、幾歲有孩子有孫子，宛如要將一輩子的酸甜苦辣都說予恩人聽。

「因為有恩人，我才有這樣好的人生。感謝您，如今總算可以報答您的恩情。」他上完香，不顧眾人反對，跪地磕滿三個響頭，原本冰涼的磁磚地，在他眼淚滴落的範圍都溫暖起來。

朱榮伯除了堅持要他們收下十萬之外，也執意將香囊送給老人，他說：「總是要歸還的。我已經知道恩人的姓名，這樣就夠了。」

他們緊緊握著彼此的雙手，在對方眼裡變回當年的孩子，並看見同時是商人、是父親、也是恩人的男子，以極其寬容欣慰的微笑，溫柔撫摸兩位孩子。男子眼裡的光也跑進他們眼裡，在混亂荒蕪的時代中，永不滅盡。

□

朱榮伯和小子離開恩人家時，剛好是黃昏。海島的黃昏特別濃郁，他們沿海岸線騎行，海洋的鹹味與日落的沉靜，完美融在風裡，並如粉撲般，為他們撲上一層金黃的閑意。他們在小子提議的落日亭休息，並肩望向暈染了橘黃的海面。

「小子，你下午都去哪了？」

小子歸還原本的現金袋，「我從裡面拿了一千元租車，沒機車怎麼去找恩人？」

「我還想你可能不回來了。」

「只是嚇嚇你。」小子笑了笑。他也笑了。他覺得小子肯定是半途後悔才回來的。不過，無所謂，有回來就好。

「謝謝你呀。要不是有你，我一個老頭可能到不了這裡……」他說這話時，目光落在海平線上，似乎想沿著海浪抵達思念的遠方，「我的女兒和孫子都在加拿大，也不可能叫他們回來陪我走這趟。」

「你很想他們吧？」

他點點頭又搖搖頭，「我只希望他們過得好。」

「嗯，他們過得很好。」

「小子，你有千里眼嗎？你怎麼知道？」

「因為老伯你是好人。」

他爽朗地笑了，笑聲宛如海鳥拍翅，振振有聲。

「小子，那我這好人就做到底，你以後有困難就來找我，不要再偷神明香油錢了。」

小子踢了踢地上的石子，不知在想什麼。

他清清喉嚨，接著說下去：「如果，如果你不棄嫌，可以把我當作親人、當作阿公。你覺得怎樣？」

黃昏的魔幻時刻，落日與海洋的色彩都是剛剛好的絢爛，連海風都燦黃耀眼，它吹了吹小子的瀏海，又吹了吹老伯的衣衫。小子點點頭，那一瞬，所有的光都釀進小子的笑容裡，當然，所有溫暖也暖了老伯的內心。

「走吧，小子，該回去找城隍爺囉。」他雖然這麼說，兩人還是在這裡待上許久，像一般的祖孫，有說有笑，直到最後一道透亮橘光依依不捨地從他們身上褪去，他們才離開。

□

回到城隍廟，已經接近關廟門的時間。朱榮伯正要把點燃的香分給小子，小子又不見了。他坐在一旁的長椅，想著或許小子是去了廁所，便安然等待。然而，香都燃了一半，還不見人影。

他問廟公，有無看見小子，廟公驚訝地說：「你來的時候，只有你一人呀。」

聽這話，他快喘不過氣，急得把昨晚在城隍廟發生的事、他們去小島尋恩人的經過，還有在船上小子握住他的手，那小子的手明明是溫的呀！啊，對了，小子還騎機車載他咧！鬼有辦法騎車載活生生的人嗎？

廟公眉頭皺得像小山，語氣嚴肅地問：「伊有講伊叫什麼名沒？」

他以為廟公不相信，回覆得很大聲：「黃承！伊叫黃承！」

廟公非但沒有被他的急躁所影響，反而露出微笑，「這兩個字顛倒講，按怎唸？」

這下，他更無法呼吸了，嘴唇和手腳都開始發抖：「有這款代誌？」

「你講咧？」

「我不知影……不過，祂在島上為什麼要偷我的錢？」

「原因我也不知影，若是神明要試驗一個人，化作好人或壞人都有可能。」語畢，廟公拍拍他的肩，「趕緊去道謝吧。」

朱榮伯凝視著城隍爺，祂目光垂下，似笑非笑的黝黑面容，似乎隱藏人世間的所有祕密，包含小島日落的餘光。除了城隍爺，昨晚在這裡看見的神官，陰陽司公、文武判官和排爺們，他也一一道謝。

最後，他以最尊敬、最嚴謹的語氣，說：「啟稟城隍爺，小人平安歸來。」他的聲音如那晚神奇的風，貫穿整座廟的前後，清晰宏亮地傳入每尊神明的耳裡。

瞬地，廟裡所有的燈光都明滅了一秒。

彷彿回應了他。

〈歸〉完

（本文榮獲二〇一九竹塹文學獎）

島嶼上的神祇——城隍

「城隍」原為牆門與壕溝之意，象徵土地城池的護佑神，後演化為掌管陰陽兩界善惡的人格神。城隍爺公正無私、善惡分明，身旁多有陪祀神幫忙，如協助審判的陰陽司公、擁有生死簿的文判官、逮捕鬼魂的捕快等，猶如人世間的司法體系，組織健全。

樂

一大清早，日頭還隱在烏雲後，憨吉伯將鋤頭放一旁，抹抹手，走進廟裡。這麼早，除了廟公，是不會有其他人的。腳步聲引得廟公從掃地裡抬頭，彷彿是潛水到了一半上來換氣。

「你又來求籤喔？」廟公自然認得憨吉伯，整座村裡沒有人像憨吉伯，一年三百六十五天，日日來廟裡的。唯獨沒來的那日，是大概半年多前，憨吉伯妻子車禍過世。田間小路，外地人車速快，這一撞，人就沒了。這憾事全村都知道。

回應廟公的詢問，憨吉伯點點頭。

「已經好幾天囉？還不見起色？」

憨吉伯再次點了頭，彷似是自己得了絕症，令他表面坑疤的臉龐更加凹凸，也令他微駝的背部更加佝僂。所有見過他的人，都會將他與「番薯」聯想一起，不只因為他外型的樸實，也因為那憨厚個性，再加上名字裡真有個「吉」字，於是村裡的人都叫他「憨吉伯」。

憨吉伯，老年得女，六十多歲的他，女兒甫十三歲。沒想妻子才遇死劫，女兒近日也病了。女兒的病說來奇怪，一下頭痛，一下肚子痛，每天痛的地方都不一樣，痛覺好像會跟著血液竄流，全身都要輪一遍才肯放過她。女兒不願上學也不願看醫生，只想請假在家休息。但這病總不能一直拖著，他只好來向神農大帝求「藥籤」。

早晨的廟宇十分寧靜，只有他。他仰視主神神農大帝的神尊，專注地連眼睛都沒眨，嘴裡喃喃的，全是女兒的病情。向神農大帝細細稟告後，他才走向籤筒。廟裡藥籤頗為知名靈驗，且種類齊全，有男科女科、外科內科、幼科婦科，以及眼科，各有各的籤筒與籤詩櫃。但是女兒這裡痛那裡痛，憨吉伯不確定要求「幼科」、「女科」還是「內科」，在不同籤筒前來來回回。

「今天呢？今天又痛哪裡？」廟公見他有所遲疑，前來關心。

「眼睛癢。」

「那簡單，我們這裡有眼科。」廟公指向另一個寫有「眼科」的籤筒和籤詩櫃，「有六十首。」

女兒的病不見好，憨吉伯認為是自己不夠虔誠的緣故。為求慎重，他來到眼科籤筒前，再次雙手合十向神農大帝敬拜，並在擲得一個允許求籤的聖筊後，他也不用紅軟跪墊，直接雙膝臨地，跪在長年堅硬冰涼的磁磚地上，磕頭三次，才敢伸手拿籤。

籤因為手的攪動，在彷彿有神明側耳傾聽的寧靜裡，發出殷殷期盼的響亮聲響，一波又一波，宛如沒有邊界的汪洋海浪。從籤海裡抽起的籤，又經過三個聖筊的允諾，終於換得一張籤詩。他再次跪拜叩謝神農大帝，才拿著籤詩，急急離開廟裡。

憨吉伯走進附近一間中藥行，也不知怎麼了，摸遍身上所有口袋，就是找不到方才求得的藥籤。此刻他的面色更加難看了，彷似自己不只得了絕症，還僅剩三天可活。

中藥行老闆亦是舊識，見他如此，好聲地說：「別慌，你記得求的是什麼科、第幾首嗎？」

「眼科，第二十首！」

老闆從一只古老抽屜裡，拿出數本泛黃又遭蟲咬的藥籤本，那都是祖父輩從廟裡抄寫來的藥籤，保證同廟裡的一字不差。老闆找出眼科那本，翻到第二十首，毛筆字寫了：川蓮五分、大黃一錢、甘草一錢、共末。泡小種茶服。

這藥方，讓老闆微微皺起眉頭，「怎麼又是這種藥？」

「什麼藥？病情嚴重嗎？」

「倒也不是，你這幾日求來的藥籤，都是藥性平和、多用於緩慢調理的方子，不是治大病的。像這帖，川蓮能安心神，大黃清利濕熱，甘草用來調和藥材，而以茶代水服下則是能疏通經絡。」見憨吉伯似懂非懂，老闆便說：「這是治心神不安、失眠煩躁的藥方。你女兒又是哪裡不舒服？」

「她說她眼睛癢。」

見老闆持續沉思，憨吉伯不得不小聲問一句，「你看，是這個籤不靈嗎？」

「沒有沒有，我可沒有說。神農大帝自然是最靈的。」他揮揮手，連忙拿出藥秤，「再給女兒吃吃看吧，反正這藥溫和，無病吃下去也無害。」

聽老闆如此說，憨吉伯才安心了，原本堅硬的背部，也瞬間柔軟下來，安穩貼合在藤椅上。

他見老闆站在百年藥櫃前，從近百個抽屜裡找出正確藥材，內心興起了敬拜神明時感知到的渺小。老闆的背影，他見過數次。不只如此，老闆父親與祖父的背影，他幼時也見過幾次。從小家裡若有人生病，必是去廟裡求藥籤再來這裡抓藥，沒有一次不見好的。這次也定是如此，在浩瀚藥理中，肯定存在著治好女兒的藥方。他想這麼相信。

思緒一鬆緩，他才聞到瀰漫整個中藥舖的藥材香。聽人家說，藥有「藥氣」，就像森林裡的芬多精，若能長時間浸淫在藥氣之中，身體自然也會健壯。無怪乎年過八十的老闆父親，每天都走至村裡那棵百年老榕樹再回來，一天三趟來回，也日行一萬步了。又像是，老闆祖父活至百歲，最後是在睡夢中安詳離世的，那是多麼好的福氣呀。

他特別喜歡老闆祖父，個性和藹，總樂意讓年幼的他，拉開藥櫃抽屜，探看裡頭有什麼。那百年藥櫃，宛如是開不盡的藏寶箱，有乾燥的樹皮「杜仲」、一粒粒暗紅的「枸杞」，還有扁平而乾癟的「地龍」，多年後他才知道地龍就是蚯蚓！

這其中，就屬「蟬蛻」最令他難忘。他還記得自己拉開的，是第四個櫃子左邊那排的倒數第三個抽屜。一拉開，他感覺夏天若被做成標本，就是這個樣子。一隻隻蟬堆疊在方形空間裡，安安靜靜的，沒有發出熟悉的鳴叫聲。他驚得說不出話來，只是蹲在那，傻傻看著。

老闆祖父看見了，也同他蹲下，將手輕放在他背上。

「那只是蟬的殼，不是真正的蟬。」老闆祖父說。

「蟬的殼？」

「你也可以想成是蟬的衣服。蟬必須脫掉舊的衣服，才會長大。」

「就像我長大了，阿母會買新衣給我穿？」

老闆祖父笑了，輕輕點頭。至於蟬蛻可以治什麼病，他已經記不得老闆祖父是怎麼說的了，他只記得離開中藥舖時，手掌捧著老闆祖父送的一只蟬蛻，小心翼翼。

「憨吉伯，你的藥好了喔。」老闆輕聲一喚，弄得憨吉伯驚覺自己已不年幼，還有生病的女兒在家等他。他再次道謝，才步出百年中藥舖。

回到家，女兒房間未有動靜，似乎還在睡。憨吉伯決定熬煮番薯粥作午餐，讓女兒好入口又能獲足營養。這番薯粥是他的拿手菜、也是妻子生前最愛吃的，過程看似簡單，若粥水要達到養脾胃的綿密濃稠，每個步驟都得講究。地瓜要選紅肉種，米則要粒短的梗米，用水浸泡半小時，加一匙植物油，再以文火慢慢熬煮兩小時，期間要不斷攪拌，以免黏鍋燒焦。

好不容易熬好了，那粥又綿又香，光是香氣就能安撫心神。有了粥，憨吉伯怕太寒酸，又多挾了幾碟配菜，有脆瓜、麵筋、土豆、筍乾、肉鬆和豆棗。喔，還有一顆對切的鹹鴨蛋。自己平日是不這樣吃的，頂多兩種配菜，再加上自己種的生蒜兩瓣，簡簡單單。但他不確定女兒喜歡什麼，便全都擺上了。

他敲了女兒房門，女兒正窩在床上滑手機，整齊的長髮全攤在枕頭上，又黑又亮，像妻子。吃飯了，他說。女兒出來看又是番薯粥，寒著臉。

「粥清淡，對身體好。」補充似的，他又說：「多少吃一點，才好吃藥。」

「又是廟裡求來的藥？我不要吃。」她用極像妻子的臉龐癟嘴，令他有些無措，畢竟妻子是從來不賭氣的。

「吃下去病才會好呀，妳已經好多天沒去學校了。」

「不要就是不要！」說完，她又躲回房裡，怎麼敲門也不應聲。

面對滿桌飯菜，憨吉伯頹然地坐下，勉強吃了兩碗。不吃不行呀，不吃沒力氣，人生也就沒了希望。他想。

很多事情，他已經想不起來了。在妻子過世後，他只想得起與妻子有關的。她那像清晨玉蘭花的柔美臉龐，無論是在新婚困苦打拚之時，還是久久沒有孩子的絕望日子裡，總是帶著笑。

她也總是這樣說：「天公疼憨人，一定會有保佑。」

妻子的一切，在回憶裡都像被螢光筆特意標註起來，那麼清晰鮮明。而在女兒生病這幾日，他才意識到，自己完全想不起女兒以前是怎麼生活、怎麼長大的，他也想不起妻子都為女兒準備了什麼吃食、衣服與對話。少了妻子，憨吉伯與女兒之間的橋樑便斷了，怎麼也接不上，只留下荒蕪的彼岸，無語對看。

他帶著如此思緒，前去巡視蒜頭田。這午後，天氣灰濛如遠方有敵軍來襲，在狂風飛沙裡，蒜頭長在地上的莖葉正雜亂搖擺，再加上蒜頭即將收成，莖葉會有近一半的黃萎，導致蒜頭田看起來淒風苦雨，完全映照出他的心情。

怎麼辦呢？女兒生病又不吃藥，話也搭不上兩句。他只是農夫，只懂耕種，哪懂這些？

他彎下腰，將一畦一畦田土上的雜草除去。被拔起的雜草沾有碎土，碎土凌空又掉落，再度與土地合為一體。這清理雜草的動作，就如同是在清理自己的思緒。混亂的思緒、零碎的記憶，懸空又落地後，唯有這件事特別清晰——他只有這個女兒，沒有其他親人了。

他想起與妻子相識，就是在眼前這片蒜頭田。這裡種植了全島最知名的「大片黑」，蒜葉大片如甘蔗葉、顏色較為暗黑，耕種期為秋分播種、春分結球，到了清明就能號召農婦一起採收。每年清明，是他可以見到當時還不是妻子的妻子的日子。他們的緣分便是一年一年靠著大片黑的收成，累積下來的。

起初，他也沒有別的念頭，自己的外貌與內心都像不起眼的番薯，自認沒有成家的福氣；何況妻子不只年紀輕，還有著清秀白淨的面容，個性亦是好得沒話說，簡直如一粒無瑕的白米。每位農夫定都希望自己的田能耕種出這樣的米。於是他只是像親大哥那般，盡可能照顧她。卻沒想，妻子私下託人來打探成親意願，直到現在他還是不知道妻子究竟看上了自己什麼。他喜歡妻子，沒道理拒絕的，他們便樸實地結婚，樸實地繼承這片蒜頭田。

樸實的幸福令他不安。

妻子曾反問：「樸實有什麼不好？我就是喜歡樸實！」

好幾年樸實的日子過去，家裡人口沒有增加，反而不斷減少，父母都過世了，剩下他與她。他很擔憂，想著肯定是自己福報用盡，再求有兒有女是貪心，只是可憐妻子要與他一起面對「生不出孩子」的閒語。他是無所謂的，但妻子，如米一般潔白姣好的妻子，不應該受到如此對待。他曾想過離婚，讓妻子走得遠遠的。妻子聽了氣得三天不同他說話，他只好打消這個念頭。

又過了幾年，在颱風造成歉收最嚴重的那年，女兒出生了。緊接而來的歡笑與感動，全部放大且加倍，美好得彷彿是另一個世界。他站在對岸觀看，觀看一樣白淨的妻子與女兒，心滿意足。

伴隨滿足而來的，還有恐懼。恐懼在他心頭扎根，深怕一不小心，可能是一個噴嚏、一粒塵土，或是一瞬閃電，都會讓她們消失無影。他從來沒有這麼清醒過，清楚知道他要做的不是參與，他不用與她們同在一個畫面裡，相反的，他要在畫面之外，保護好那樣的日子，就算用肉身擋車也在所不惜。

雜草的葉與莖分離時，有一種難以形容的聲響。那聲響隨著他的動作不斷出現，將他圍了起來，別無他路。啊，如果疼痛能夠擬聲，或許就是這個聲音吧。小小的，斷裂的，綿綿不絕，隨時隨地。

妻子剛過世那幾日，他腦子裡一直有這個聲音。自己說是肉身擋車在所不惜，怎麼沒能幫妻子擋下呢？若死的是他，女兒肯定還能受到完善照顧吧。

那就對了，他與女兒之間，不只是性別和年紀的差距，還有時光。他在為人父的時光裡，其實都倚靠妻子照顧女兒，自己則像衛兵在外頭站崗，遠遠護守。他與女兒的隔閡，或許在女兒出生時就存在了吧。只是妻子的離世，讓父女之間存在的「空」更為明顯罷了。

如今說那些都沒用，他只剩女兒了，女兒也僅有他得以倚靠，就像那幾年他與妻子只有彼此。還是得做點什麼，他想，連帶地雜草也拔得更勤奮了。至少要先治好女兒的病，那是眼前最重要的。幸好他是一名農夫，對於時間與考驗比常人更有耐心。他也相信天地之間存在神祇，神不會遺棄任何人，自然也不會遺棄他的女兒。

□

隔天，亦是天光尚未完全清醒的時刻，憨吉伯又來到廟裡，讓沉浸在一人世界的廟公，驚得差點握不住掃把：「你、你又來了，來得這麼早。」

「沒辦法，女兒不吃藥。」

如何醫治不吃藥的病，憨吉伯也不知，索性先求女科，卻怎麼都求不到聖筊。對比之前頭一、兩支籤就能獲得三個聖筊，今天情況似乎有些不同。啊，或許女兒年紀不夠大，應該求幼科。他來到幼科的籤筒前，一一擲筊，一小時過去，籤筒的一百二十支籤全被他取過了，卻都未獲得神農大帝的應許。

這時候香客陸陸續續進來了，見憨吉伯為了求籤不斷擲筊、彎腰、叩首、起身，在依舊微涼的春季，衣衫都被熱汗浸得濕透，忍不住要問一旁的廟公：他是要求什麼，怎麼神明都不應允？

憨吉伯作農數十年，這樣連續動作的勞動，對他來說不算累、不算苦，真正苦的，是難道女兒的病就真的無解？求完幼科，他決定再求內科試試，甫伸手，就被廟公阻止了。

「這還是我做廟公這麼多年，第一次遇到這種情況。我看，你是求錯了。」

「求錯了？」

「或許你應該要問神農大帝怎麼辦，而不是求藥呀。」

廟公這番話，宛如初亮的光明燈，讓憨吉伯急急回到香案前，改求廟裡的「運籤」。沒想到，第一支籤便獲得三個聖筊。廟公連忙拿出解籤簿，兩人一同讀起上頭的籤文與釋義。文字是讀進去了，可惜憨吉伯書讀不多，看半天也不懂意思。

「奇了，奇了。」廟公倒是看出了玄機。

「怎樣個奇法？」

「這籤寫了，心病還需心藥醫。」

「那是什麼意思？」

「神農大帝的意思是，你女兒沒病，是心有問題。」

「心臟有問題？要去大醫院開刀嗎？」

「是心病，不是心臟病。」

憨吉伯面色凝重，似乎認為這心病比絕症還要凶猛且令他束手無策。

「心病……」他喃喃，「還是要去看精神科？」

廟公嘆了氣，揮揮手，表示他也幫不上忙，獨留憨吉伯無語仰視眾位神尊。憨吉伯第一次感覺那些神尊離自己好遠，不只是隔著層層香案的距離，還有萬能與無能的分界。

無處可去的憨吉伯，來到自家蒜頭田。

隔壁蒜頭田開始採收了，那是李家的田。與憨吉伯同年的李伯去年退休，換兒子小李接手，長年不變的蒜頭田似乎有了新氣象。小李很年輕，是位少年仔，卻已經結了婚、離了婚、獨自撫養即將升小四的兒子。但鄉下人不介意，務農的大媽大嬸都喜歡他，讓他常常受到特別照顧。像是他的那畝田，真要收成頂多需要三個人手，卻一次來了六位頭戴花布笠帽的農婦。她們聚在一起不像做農，倒像在咖啡廳聊天，農地是桌椅，出土的蒜頭是一杯杯續了又續的熱咖啡。

這樣的歡快景象，對比憨吉伯獨自一人與他的田，任何人經過看見了，都會可憐起憨吉伯來。

小李對「可憐的氣氛」是非常敏感的，他走來，以極為開朗的聲音向憨吉伯問好。一來一往，憨吉伯也不知怎麼地，便把女兒的事告訴了小李。

一旁有著順風耳的農婦聽了，忍不住插嘴：「我看，還是去大醫院檢查一下吧？那個光照一下，什麼問題醫生都看得出來。」另一位農婦也說，之前胃痛也是兒子帶她去看西醫，吃沒幾次藥就好了。嘿啦嘿啦，那藥籤是我們以前鄉下沒醫生在求的，現在診所醫院那麼多，去看看才安心呀。那些農婦一人一句，弄得憨吉伯更無所適從。

待如同雀群的婦人走向遠處未採收之地，小李才敢再次靠過來，展開單身父親間的談話，感同身受地說：「我兒子剛上小學也是這樣。那時候我剛離婚，他有天就突然吵說不想上學，又說這裡痛那裡痛的。」

憨吉伯一聽，雙眼瞬地睜大，「那是什麼病？治得好嗎？你們怎麼治的？有沒有後遺症？」

一連串的發問，讓小李笑了，笑起來十分俊俏。啊，難怪農婦都喜歡同他說話。

「我也不知道是什麼病，那時候煩惱了好久，去看醫生啦、收驚啦，都沒有用。折騰了一、兩個月，兒子才慢慢好起來。」

「後來怎麼好的？」

「我不知道這方法對你女兒有沒有用，但你可以試試看。我兒子很喜歡『那裡』，每次去都很開心，精神也變得越來越好。」

小李說的「那裡」，有一個英文名字，憨吉伯似乎有聽過，但又無法精確唸出。

「記不住怎麼唸也沒關係，你只要記得，大街上走到三角岔路口，有一棟看起來跟別人很不一樣的建築，頂樓有一個像蒜頭屁股倒過來那樣的黃色招牌，像這樣。」小李拿起一顆帶土的完整蒜頭，將它上下顛倒，並用手指順著蒜頭底部的弧度，畫了兩道波浪。「只要記得這個形狀，就不會走錯了。」

「進去以後呢？」

「你女兒知道怎麼做。到時候她想吃什麼，你就讓她吃，不要阻止她。」

「這樣病就會好了？」

「或許不會全好，但一定會好一點的。」小李再次露出微笑，讓憨吉伯覺得自己似乎也好了一點。

憨吉伯帶著從小李那裡問來的「藥方」，準備帶女兒出門。女兒也搞不清要去哪，但興許在家也待膩了，便同意了。

他們騎經一片片農田，來到大街上。接近傍晚時刻，街上甚是熱鬧，有晚市的採買，也有熱飯香。很少來大街的憨吉伯，頓時覺得這大街是平空出現的戲法，亦像廣袤農地上的海市蜃樓。

「你要帶我來的，就是這裡？」女兒表情驚訝，頻頻確認。

憨吉伯看看那有著蒜頭屁股弧線的金黃招牌，點點頭。踏入的剎那，他真覺得像來到異世界，寒帶國家獨有的沁涼空氣襲來，接著是濃郁活潑的香氣。他幾乎看傻了，眼前盡是以紅黃為主的鮮艷配色，框架出寬敞明亮的空間，而無論是裡頭流動的人潮，還是展示各種食物的看板，都令他感覺以前的生活如此窄小，竟不知世上還有這種地方。

女兒拉著他排進其中一個隊伍，「快輪到我們了，要吃什麼？」

他張著嘴，讀不懂食物看板上的字，視線一下被照片吸引，一下又被數字拉走。眼見下一位就輪到他們了，他還是說不出話，彷彿是從前在農地看見上百隻白鷺鷥那般震懾。

「今天要吃點什麼？要來一份剛炸好的酥脆蘋果派嗎？」服務員以法師唸符咒的速度如此說，流暢得沒有一個字留在他腦裡。

「呃……」他僅能發出一個遲疑的單音。

女兒打斷他，以不輸服務員的流暢度，唸出一串菜單：「我要一份八號餐和十四號餐，飲料一個要可樂，一個換成玉米濃湯。然後再一個蘋果派。啊，還要一個蛋捲冰淇淋。」

「你有帶錢嗎？」女兒推了推他，他才趕緊從褲子掏出折得皺皺的紙鈔。

他們領了餐，餐點是女兒拿的。來到二樓窗邊座位，座位是女兒選的。約莫十分鐘之久，他才真正回神。女兒正舔著一支雪白的冰淇淋，表情愉快，一點也不像生病了的樣子。小李說的果然沒錯。

「我幫你點了麥香魚，你喜歡吃魚吧？」她指著桌上一個圓圓軟軟的東西，打開後，看起來是個漢堡。幸好他知道漢堡。但他的臉部表情讓女兒有點不悅。

「你從沒來過這裡？」

「那至少也吃過薯條吧？」

「這家店在這裡至少有十年了吧，你都沒來過？」

每一次搖頭，都把憨吉伯的信心越搖越少，頭也越發低垂。從女兒不斷拉高的語調裡，他驚覺自己是鄉下俗中的鄉下俗。他想，小李肯定常來這個地方吧。那廟公呢？農婦呢？他們也會來嗎？他無法想像斗笠農婦排成一列，向櫃台點餐的樣子，就像他無法想像此刻自己在旁人眼中有多麼格格不入。

窗外有國中生放學了，女兒學校的學生也三三兩兩走在街上。他不知道女兒什麼時候會再穿上制服。但他覺得穿上制服的女兒，就像剛竄出苗的新蒜，奕奕好看。

流動的人潮裡，也不乏父女。小小女兒在機車後頭抱著父親的腰，或是在大街上牽著父親的手，自然而親密。如今女兒已經過了那樣的年紀，但他們也從未如此親暱過。不對，那大概也不是年紀的問題，是合不合適的問題。女兒的手又白又嫩，看上去比小兔子還柔軟，而他的手日日務農，又黑又粗又裂，泥與土沾附上頭，縱使清洗乾淨了，他也總覺得還有。有些東西已經累積太久，是洗不掉的。全世界最適合牽女兒的，只有穿西裝的人，他的手並不適合。這是打女兒一出生他便知道的事。

「阿母帶我來過這裡。」女兒說。

這句話讓他的思緒瞬間從馬路回到此時的時空。他回望女兒，只見她眼睛垂得低低的，聲音也小小的，有眼淚的味道。自從妻子過世後，這好像是她頭次講出「阿母」這個詞。

「阿母很喜歡吃薯條沾蛋捲冰淇淋，蘋果派也是她喜歡吃的。」

他們一起凝望蘋果派，蘋果派無辜地躺著。

他想了很多話，最後說出口的卻是：「我可以吃吃看嗎？」

蘋果派還是熱的，他咬一口，酥皮碎裂如蒜皮落下，濃甜又帶有肉桂味的蘋果餡也溫柔化開。

女兒看上去有些緊張，直問，好吃嗎？

「好吃。沒想到這麼好吃。」他說得誠心。

女兒笑了。這麼多日來，她終於笑了。

「那你試試看薯條配冰淇淋！」她用薯條挖了一大口冰淇淋，遞給他，他接過時，盡量不讓自己黑黑的手觸碰到女兒白白的手，因而險些將薯條掉落。

薯條平安入嘴時，他覺得這口感真奇妙，又熱又冰，又鹹又甜，又硬又軟，又乾又濕，完全不搭的兩種食物硬要湊成一對似的。這不也像他與妻子、他與女兒嗎？

但是，真好吃。真好吃。

他被這食物弄得思緒複雜，欲落未落的眼淚，像哭也像笑。女兒沒有察覺，只露出彷彿被褒獎的笑容，也用薯條沾著冰淇淋吃起來。

這一刻，憨吉伯忘了很多事。他忘了女兒生病多日不上學，忘了自己天天去求籤抓藥，忘了妻子突如其來的死訊。這一刻，他與她就是一對平凡的父女，在任何人眼裡都不會受到質疑。

離開那滿盈美食與香味的地方，他們騎車回家，像一般父女。他發現自己鮮少載女兒，平常都是妻子載她上下學。此刻後座的重量，宛如是一整片蒜頭田的豐收。

「妳身體有好一點了嗎？」

「有啦。」

「那明天可以去上學嗎？」

「不知道，再看看啦。」

他們經過蒜頭田，蒜葉更加萎黃，代表蒜頭已是適合採收的狀態。他不確定女兒喜不喜歡農作，但蒜頭即將收成的喜悅，讓他脫口而出：「後天這片田就要採收了。」

不想女兒竟說：「我可以來嗎？」

「不過妳的身體，還有學校……」

「阿爸，我想要來這裡。」

不知道是那句阿爸，或是女兒從未求過他什麼，他說了好。

隔天一早，憨吉伯發現女兒已經起床，看上去氣色確實比昨日好了些。他們吃著簡單的粥，這亦讓他十分開心，女兒終於願意吃粥了。多好呀。只要願意吃，生命就會有力量。

他安心了不少，準備出門之際，女兒竟也換好了衣服，說：「我想跟阿爸出門看看。」

怎麼樣都會答應的，特別是女兒喊了他阿爸。要去哪裡好呢？他問。都可以，去阿爸平常去的地方就好。她這麼說。

既然如此，第一個去的地方自然是神農廟了。他教她如何持香、如何敬拜，而後他有太多事想對神明訴說，便放任女兒在一旁東瞧西看，自己則是跪在軟墊上，將內心的感謝化作低喃。

廟公見了憨吉伯的女兒甚是感到稀客，親自帶她參觀廟裡廟外，最後來到神農大帝面前。她注視神農大帝，語氣率直地說，祂長得好奇怪。可不是，不同於一般神祇，眼前的神農大帝呈現的是上古樣貌，人面龍顏，膚色深黑，頭上長角，還身穿原始時代的樹葉衣褲。

廟公含笑，耐心解釋形象由來。祂是上古賢帝，妳看祂，手裡拿的是稻穗，祂教導人民農耕，人間才有了農業，人民才能飽食。為什麼祂的臉是黑的？妳有沒有聽過「神農嚐百草」的故事？為了讓人民免於患病之苦，傳說中，祂以自己的身體測試，嚐遍百種藥草，了解藥性與毒性。有次吃到了斷腸草，腸子盡斷，臉色發黑，中毒身亡，才變成現在黑臉模樣。也因為有祂親嚐百草，才建立起醫道。因此祂不只是農業之神，也是中醫之神，廟裡之所以有藥籤也是這樣來的。

廟公的話，斷斷續續傳進憨吉伯耳裡。那些話非但沒有打擾他，反而讓他更加專注。他想，或許神農大帝的黑面，也是象徵農人耕種的勤懇，以及不畏辛苦的日曬。那樣的黑，是農人的驕傲。如此一想，他長年微駝的背終於得以直挺起來。

「所以呀，神農大帝的藥籤最為靈驗。這陣子妳生病，妳阿爸每天都來這裡求籤。」廟公停頓一會，望了望憨吉伯，又望了望她，有一種親見父女重逢的喜悅。

「人沒事就好。」廟公最後如此說。

人沒事就好。這句話也在中藥行聽見。他們信步到中藥行，老闆特地為他們泡了茶，泡的是菊花，加了些枸杞，最是明目養肝。女兒喝茶燙嘴的模樣真像妻子，她們都是貓舌頭。桌上放了梅花形狀的仙楂餅，女兒伸手開了一個，吃起來酸酸甜甜，很喜歡。這倒讓老闆想起一些事來。

「妳阿爸每天去廟裡求完藥籤，就來我這抓藥，每次都問我，這藥苦不苦呀？怕太苦妳不敢喝。說不苦，他也不信，硬要討一些仙楂餅才放心。妳阿爸很疼妳呀。」

女兒輪流探看老闆與憨吉伯的臉龐，好似在確認話的真偽，一會才點點頭，有些尷尬害羞的樣子。彷似為了轉移注意力，女兒指著滿牆的藥櫃問，「中藥材這麼多種，神農大帝真的都嚐過嗎？」

「我也不知道，但傳說中祂總共嚐了三百六十味藥草，把它們分為寒、熱、溫、平四種藥性，以及甘、辛、酸、苦、鹹、淡六味，全都寫入了記載醫藥處方的『方書』，可以醫治四百多種疾病呢。」說到這裡，老闆沉思了一會，彷彿有所想通：「現在看來，神農大帝賜的藥籤倒不是真正的藥方，而是藥引子。」

「什麼是『藥引子』？」

「每一個方劑，都是由四種藥材組成，君、臣、佐、使。『君』為主藥，『臣』為次藥，『佐』是協助或抑制藥物，而『使』就是藥引子，將藥引至病處，本身並無藥效。這樣能聽懂嗎？」

不出所料的，憨吉伯與女兒皆搖搖頭。

老闆笑得如爽朗秋風，直說：「天公果然疼憨人。」

這句憨吉伯聽得懂，靦腆地笑了。

□

採收日，晴空萬里。小李和農婦們已經在蒜頭田等候。往年聯繫工作都是妻子負責，今年多虧了小李，才聯絡上願意協助的農婦。有的農婦看見女兒，好奇地問：

「你女兒怎麼沒上學？」

「她這幾天不舒服。」

「那還來幫忙？」

「她說她想來。」

此時小李解圍似地眨眨眼，農婦們紛紛心領神會。別擔心，我們會照顧她的。她們說。那群花帽農婦將女兒圍在中間，細心教她怎麼採收。很簡單的，先是將整株蒜頭連根拔起，剪掉莖葉，剪掉根鬚，裝進網袋就可以了。這些蒜頭呀，還要再送到工廠去乾燥，才能拿去賣。女兒點點頭，面對看似無窮無盡的蒜頭海，無所畏懼。

採收工作分配上，女兒與農婦一區，憨吉伯與小李一區。他感謝小李，小李的「那帖藥」真有效。小李搖搖頭，「那只是創造一個機會，一定是憨吉伯你做了什麼或說了什麼，才讓她好起來的。」

他想不出原因。

沒關係，女兒有見好，那就好。看，她正拎起一株蒜頭，在陽光下確認雪白外觀與芬芳香氣。說不定她會發現蒜頭屁股像極了前日的金黃招牌，因而綻放出小小的笑容。多曬太陽亦是好的，不怕艷陽的人，內心肯定也是晴朗萬分。他慶幸女兒遺傳了妻子曬不黑的體質。他埋頭採收，心情已不像多日前拔雜草時那般陰鬱。

連續的勞動，憑藉背部灼熱的程度，或是地面的影子，他不用抬頭，就能知道時間過了多久。瞧那拉長的影子漸漸變小，顯現了日頭的位置。

採收完最後一排，他急急去榕樹公下買冬瓜茶。收工前請農婦們喝茶小憩，這是妻子的習慣，他不能遺漏。冰的冬瓜茶一袋袋，顏色金橙剔透，看了就有消暑之感。

見到冬瓜茶，大家自然圍過來，一人拿了一袋，各自選地方休息，有的以田埂為椅，有的直接坐在蒜葉鋪成的葉堆上。

他呢，則在柏油路的高崁上，用麻布袋為女兒鋪了一塊座位。柏油路與蒜田間，有條小水溝，裡頭水清淺，偶爾能看見蝌蚪成群游動。由於有溝又有崁，他伸手想扶女兒上來，卻想起女兒手的白淨，硬是又把手收了回去。女兒倒是相反，直直將手伸來。他看見了，她白嫩的手掌也沾滿了土，同他的一樣。

那瞬間他想起神農大帝的黝黑臉龐。

於是他伸出手，緊緊拉住女兒，將她帶到身旁，並肩坐在朗朗晴空下。他們一起眺望，眼前彷似被小動物翻找過的田。

咬著冬瓜茶的吸管，女兒口齒不清地問了什麼，憨吉伯沒聽清楚，她便又問了一次：「以前阿爸和阿母也是這樣嗎？採收完一起喝冬瓜茶？」

他點點頭。

「你們都聊些什麼？」

「也沒什麼。聊天氣、蒜頭田，還有妳。妳讀國中，妳阿母很歡喜，我也很歡喜。」

遠方吹來的風，有著春天的暖，也有雨季即將到來的潮味。清明過後就是穀雨了。雨落入土中，滲流進最深最暗之處，等待。等待秋分到來，蒜苗入土，用力扎了根，從廣袤的土地吸取養分。小小的芽鞘會最先從土裡竄出，朝天長出蒜葉，而鱗芽在地底緩慢生長著，直到成為飽滿的蒜球。到了明年這個時候，又是採收時節。他已經預想得見。

「阿爸，明天我可以回去上課了。」

「好。」

被蒜頭田的四季更迭所觸動，他忍不住想，他和女兒，明年又會是什麼模樣呢？沒關係的，他相信，無論是風是雨、是苦是難，都不用害怕。

他已經找到那帖良藥了。

〈藥〉完

島嶼上的神祇——神農大帝

源自於遠古神話，神農氏教人民耕種五穀，並親嚐百草、治療疾病，被視為農業與中藥的始祖神，故又被稱為五穀大帝、藥王大帝，為台灣早期農業社會十分重要的民間信仰。神農氏形象特殊，頭有兩犄角、身穿草葉、手拿稻穗，面容有紅有黑，烏黑者是為緬懷祂遍嚐百草中毒身亡的救世事蹟。

一年

所有人都對那紙上的名字沒有印象。

庄裡的幹事，人面最廣，全庄至少一半的人喝過他泡的茶，而他的記性也是被人稱讚的，誰家的兒子、女兒、孫子或地下情人，無論多複雜的關係網，他都不會搞混，因此也不會不小心洩露見不得光的祕密。

然而那名字，就連庄幹事也覺得陌生。

此時與庄幹事一起圍著戶籍本看的，還有協會理事們，他們一會說是賣香菇的黃伯，一會又說搞錯了應該是前年才死了兒子的黃伯。哎呀，打電話不就知道是誰了嗎？他們打了好幾通家裡電話，都沒人應答。

這時間可不能再拖下去。黃伯是順位第四人，前面三位都婉拒了，眾人懇切期盼這位黃伯能承接重任。但人又聯絡不上，總不能這樣等著吧？不然我們先聯絡第五順位者？有人如此提議。不行啦，不能跳過第四位，至少要先確認他的意願。兩種意見在理事之間來來回回，這事情確實不好辦。

庄幹事站了起來，大聲一呼，「我現在去找！等我回來！」

他抄了地址，在眾人期盼的目光下，騎上機車。機車穿梭在小山庄頭，穿越一座座的蘭花溫室和香菇寮，往紙上的偏僻地址趕去。縱使在趕路，他也不忘將視線穿過路旁龍眼樹，眺望隱在樹後的遠方，那座河谷對岸的小鎮。他鮮少去那座小鎮，也不認識那座小鎮的任何人，只是心情低落之時，他總會這樣眺望，讓遼闊的風景建築起意志的堅牆。

此時也是，他相信自己定能找到黃伯。

他繞進羊腸小道、鄉間小路，紙上地址彷似在考驗尋路者的耐心與細心。這一帶他鮮少經過，不知道跳號情況嚴重，十幾號怎麼突然變成三十幾，那中間的二十幾呢？他騎進一處矮房形成的聚落，總算找到二十號開頭的住家，就是不見黃伯那戶，如同被藏了起來。來來回回五、六遍，才發現戶與戶間有條小道，僅僅兩人寬，他走進去，一個轉彎，是了，就是這戶！

裡頭婦人見陌生人來，嚇得停下手邊工作。

「請問黃永安先生在嗎？」

「他、他出門了，你找他做什麼？」

婦人看起來是如果他逗留超過兩分鐘就要報警的模樣。做了庄幹事多年哪有被懷疑的道理，他仔仔細細將來龍去脈講了一遍，而她的表情從迷惘變為驚慌。是真的嗎，是真的嗎，她問了好幾遍。是真的，趕快打手機給他！可惜電話沒被接起，庄幹事只好請婦人先過去廟裡，他再去找黃伯。

他往婦人說的地方去找，沿路問了幾位花農，他們都不認識黃伯，這在鄉下地方是十分奇怪的。別無他法，他沿路大喊姓名，希望能加快找人速度。錯身之人紛紛以怪異目光望向他，這其中屬一名老伯的眼神最為好奇。老伯駛著電動代步車，回過了頭。

「我就是黃永安。」他說。

媽祖保佑，庄幹事忍不住喃喃，又把詳情說了一遍。黃伯一聽不得了，這麼千辛萬苦要找他的，竟是天上聖母媽祖！

黃伯跟在庄幹事後頭，趕至廟裡。妻子已經被一群人七嘴八舌地包圍，她緊張得連脖子都縮了起來，身影看上去比平常更加瘦小。他自己也沒有好到哪去，人一多，他跛著的左腳又更跛了。

「黃伯，恭喜呦，今年我們擲筊選爐主，你獲得連續十個聖筊，是目前聖筊數最多的！」自稱是協會理事長的人，第一個走來與他握手，說了許多他要花費一些時間才能理解的內容。

理事長說，哎，這是多好的事呀。你也知道從以前就是九個庄輪流供奉媽祖，現在變成八個庄，也要每八年才能輪到我們庄一次。啊又要從庄裡千戶人家中一一擲筊，擲到最多聖筊的，才有這種福氣，你說是不是很難得呀？欸庄幹事你剛剛去了黃伯家，不是公寓大樓吧？不是就好，這樣信徒去參拜才方便嘛。別擔心，媽祖駐駕雖說是大事，但我們所有人（理事長一個揮手將在場所有人都算了進去），所有人都會幫你的。剛好你太太也都在家裡吧，你們可以一起侍奉媽祖，才不會太辛苦。喔對啦，聽說你家同住的還有兒子女兒，那就更不用擔心了！

這事來得突然，他恍恍惚惚地，總覺得理事長是透過大力握手將話語傳遞到他心裡。

「黃伯。」理事長喚他回神，「是這樣，駐駕這種大事是媽祖決定的，也不好拒絕神明嘛，但基於形式還是要問你願不願意。你願意嗎？」

他望向杵在人牆後頭的妻子，妻子那表情自然是害怕得不想答應。他又望向群眾，他們目光如炬，而理事長，理事長屏住呼吸，彷似他若說出一個「不」字，理事長便會因為極度失落而昏厥。他在這些之間，感受眾人湧動的思緒搭起了一座戲台，戲台上還沒有主角。至今的人生裡，他從來沒有當過主角，縱使是在自己的婚宴上，他也因為意外而缺席，留下的只有跛腳這個事實。

「願意嗎？」理事長又問。

不對，現在可不是想這些的時候。媽祖的旨意是戲台燈光，他要去承接、要去沐浴，不是為了自己，是為了媽祖。

點頭的剎那，他成為了主角，眾人的歡呼聲將他高高舉起。這是至今人生裡，他所接受過的，最大掌聲。

事情就這麼定了，新春初六，媽祖將前來駐駕，整整一年。然而當黃伯在飯桌上宣布此事時，遭到了強力反對，其中就屬大兒子阿坤的反應最大。

「我和阿芬的事情還沒處理完，哪有時間恭迎媽祖呀？」有著圓圓娃娃臉的阿坤，近日與妻子阿芬正鬧得不愉快，阿芬嚷著要離婚，收了行李回去婆家，甚至把他們的獨子也一起帶去。仔細一算，阿坤已經二十多天沒見到兒子了。現正處於婚姻關係是否能繼續維持的關鍵時期，實在沒時間可以分心。

「嘿呀，媽祖駐駕，這麼大的事……」沒把話說完的，是黃伯的妻子，吳氏。吳氏膽小，真正的想法總留在話語之外，更不用說若把媽祖駐駕講成麻煩事，那就又不敬神了。

「對呀阿爸，你怎麼不跟我們商量就答應了？媽祖來家裡，是不是要騰出位置？也要找地方放用品吧？我們家根本就沒有多的空間呀。」

阿坤說完，吳氏補充似地喃喃著：來的人一定很多，我們一個也不認識。

「還有呀，就算有位置好了，媽祖要繞境、交接、安座，繁瑣儀式多的去了，怎麼想都不容易。欸，小春妳覺得呢，別一副不關自己事的樣子。」

被點名了，妹妹小春才將視線從手機上的服飾網購平台移開，「我也是不贊成啦，每天都有陌生人進進出出的，很沒有隱私耶。」

「阿爸你看，這個家沒有人同意！」

黃伯用力放下碗筷，那聲音之大，連阿坤最後一句話都無法相比。

「你們知道自己的身分嗎？媽祖是神明，我們只是凡人。神明願意來我們家，是我們上輩子燒了好香，你們還想拒絕？」他說得用力，「虧你還是媽祖的契子，祂保你平安長大，為祂做事是應當的。還有妳，妳小時候哪次考試沒有請媽祖保佑，否則還可以唸到大學畢業？」

見無人吭聲，黃伯緩了緩氣，接著說：「何況答應就答應了，也不可能反悔，現在全庄上上下下都為了這件事在準備。」

黃伯說的沒錯。

一陣從神像吹起的風，輕輕搖晃了媽祖頭冠上的綠玉翠，也輕輕經過了理事們聚集開會的客廳，側耳傾聽他們疲憊但熱情的語調。它經過了神轎那日必會經過的小路，也經過了信徒的夢。

風來到黃伯家門口時，撫摸了院前的桂花樹。黃伯一家都聞到了，那桂花芬芳如明月，他們因而感知這一切已是勢在必行。

□

現任爐主家門口，有一個炸杏鮑菇攤，不少人拜拜完，會順道買一包回去，彷彿連杏鮑菇都有媽祖加持過的幸運。在那邊炸杏鮑菇的，就是爐主太太，她一邊切杏鮑菇，一邊教初次到來的遊客如何敬拜。

黃伯也在這裡，他在幾十公尺外的街口，徘徊許久，電動代步車前進又後退，後退又前進，如同他在答應承接媽祖駐駕前，也是有所顧慮。

黃伯的身影被爐主太太瞧見了，她以極大聲量吆喝他進來坐，弄得一旁正在午睡的大黃狗都抬起頭，看看來者究竟何人。拗不過她的熱情，加上兩家之間因為媽祖交接，日後勢必會有互動，他也只好進去作客。

一入門就是媽祖廳，他先雙手合十拜了拜，才移動至旁邊專門招待信徒的隔間。照這個擺設來看，以前媽祖廳與這個隔間應是客廳，如今一分為二。隔間裡有一張實木泡茶桌，上頭一盤一盤放著的是水果、餅乾、糖果，茶葉也是種類齊全，從阿里山高山茶到日月潭紅茶都有，似乎任何人只要坐下來，就能受到最客製化的款待。他渾身不自在。

爐主姓林，在地人都稱他林桑。林桑與太太，一個泡茶，一個切水果，問他怎麼有空來走走？他也說不清，可能只是好奇，媽祖駐駕在家究竟是什麼感覺。

他們以一種因為是你才告知的語氣，壓低聲了說：「媽祖選爐主，是有學問的。」

「什麼學問？」

「被祂選中的家庭，都是當時有遇到困難，祂才決定去坐鎮。」

困難？但我們家沒有，黃伯想這麼說，卻被林桑打斷。

「像我們，那時候剛好做生意失利，欠了一堆債。那個債主背後有勢力，三天兩頭派流氓來要錢。有一次要急了，落下狠話說，下次再不還清，就要動手！我們能怎麼辦？只能跑路，行李都收好了，打算晚上摸黑就走。誰知道中午接到電話，說媽祖要來駐駕。」

太太接著說：「嘿呀，我就跟他說，哪有這麼巧的，媽祖是不是知道我們要跑路？祂是不是不要我們走？那時候真的很猶豫，如果不馬上跑的話，就跑不掉了！」

「當然一定是媽祖要我們不要走呀！走到哪裡都一樣啦，人在做，天在看。」

「所以呀，我們就留下來了。」太太加重了語氣，「可是媽祖要顧，錢也要還呀，我們就在門口擺炸杏鮑菇的攤，香客每人買一點，多少能賺點錢。」

爐主又把話接了回去，激動的神情暗示故事即將進入重頭戲，「結果喔，錢還沒賺夠，債主又來了，他那次帶了六個小弟！我想說完了，這陣仗，不是被打斷腿、就是家裡會被砸。不管怎麼樣，至少要護住媽祖。所以他一來，我們夫妻倆就到他面前跪下，拜託他千萬千萬不要動媽祖的東西。」

「你知道他怎麼樣嗎？」

黃伯搖搖頭。

「他跟小弟一人拿了一支香，恭恭敬敬地，向媽祖上香，然後就走了。就走了！」

「還好現在攤子生意不錯，債務也快還清了。真的是媽祖保佑。」

「媽祖保佑。」太太撫著胸口，彷彿債主才剛走。

聽完這個奇異的故事，黃伯臨走前，心神還有點飄忽。爐主包了一份大份的炸杏鮑菇給他，還拍了他肩說：「放心啦。」

他不知道要放心什麼，或自己在擔憂什麼，只是點點頭，接受了香氣四溢的好意。

□

黃家位處邊陲，還隱在一處聚落裡。門口隱密，必須走進一條L型的狹窄彎道，才會發現它是座傳統三合院。這三合院完全展現了黃家人的封閉個性，右護龍平行也緊鄰著別人家的左護龍，小小的庭院則敞在另一人家背後。若從高空俯瞰，他們像彼此吻合的拼圖，也像以牆與門建起的迷宮。

媽祖駐駕此處遇到的頭一個問題就是：信眾找得到地點嗎？

於是庄幹事與理事們兵分多路，從主要幹道至窄路巷弄，沿路全都設置了象徵媽祖的紅色指引牌，無論信眾從哪個路口進到庄裡，一定都能循著「媽祖紅」來到正確位置。

黃伯首次見到指引牌時有些震驚，那不只是因為自己的家也被清楚指引，更是提醒了他，媽祖此刻正駐駕在家的事實。他往往靈魂出竅般地循著牌子，直到回到了家、看見了媽祖，魂才再度附體。

是真的，媽祖真的在這裡。

媽祖離開了充滿杏鮑菇香氣的家宅，順利在黃家安座了。這幾個月，不說那些謹遵時辰的繁瑣科儀，也不說人員進進出出幾乎要把門檻踩平的繁忙籌備工作，光是最一開始場勘，要為媽祖與其上百件「家當」在黃家找一處安身之所，便是頭等苦惱之事。

天公爐與供桌放在院埕，倒是絕佳位置，可若下雨就怕淋濕，於是他們搭起一座棚子，橫跨左右護龍，宛如一道雨過天晴的彩虹。媽祖神像呢？自然是安座在正身的正廳，可這裡原本是神明廳，早有神桌與一些桌椅，怎麼放得下媽祖的神案、供桌、籤筒、令旗、匾額，以及出巡時要用的神轎、儀仗、頭旗、涼傘呢？

好在服務媽祖多年的理事們有經驗，準備了幾個備案，擲筊一問，媽祖選定，就這麼解決了。最後媽祖入駐神明廳，一入門的右方，位於祖先神桌之前，而其他道具用品，當初以為放不下的，放進間廳剛剛好，沒有多一絲空間，也沒有一件擺不下，還趁機將家裡積壓多年、擺著沒用的舊物都一次整理掉，清清爽爽。

一切塵埃落定，黃伯才真正有了空檔，能不受打擾地與媽祖說話。眼前的媽祖眉目慈祥、神情莊嚴，他在夜裡持香，感覺自己真有如「神隱」一詞，被隱在山城聚落裡，無法讓人輕易找到的三合院內，只有他與媽祖對望。

他的香持在手裡許久，有所疑慮而一時無語。林桑夫妻說了，媽祖慈悲，會選有困難的家庭去坐鎮。黃家有嗎？黃家雖不是大富大貴，也是小康平安。媽祖會來，是因為自己年輕時跛了腳，還是阿坤夫妻正鬧離婚呢？

不對，若有困難，那也是心的困難。初次宣告媽祖要來駐駕的那晚，餐桌上的對話印證了這件事，他才明白自己一直以來憂慮的是什麼。

他憂慮的，與信仰無關，而是「家族的個性」。如果每個家族都有隱性基因，那麼屬於黃家的，必是「封閉」。

以他來說，跛了腳後，他就不復當年，某個支撐身心的零件在車禍裡破碎了。誰想得到呢，人們都說結婚與生子是喜事，會帶來特別的好運，卻沒料黃伯在迎娶吳氏回來的路上發生車禍，車子翻覆下山坡。車上所有人都沒事，唯獨他，跛了腳。他的封閉便是從那時候開始，從自身的命運傳承下來，還傳染了吳氏。吳氏在應該笑的日子變得不太愛笑，畢竟連有運勢罩頂的婚禮都能出事，其他日子還敢笑嗎？

他們成日往返種花的溫室與家裡，與親戚鄰居都不太往來，自然庄裡的人也不太認識他們。縱使有了阿坤和小春，也彷彿只是湊滿四個人，形成更封閉的方形。自從他退休後，少了花卉買賣，接觸的人更少了，日子也更趨停滯。那樣的停滯，也存在於他與三位家人之間，沒什麼話題與互動，只同室友一般。他有時候會想，這樣還稱得上是一家人嗎？

媽祖是否就是為此而來？

若是如此，他期望林桑說的是真的，媽祖到來必有所改變。他深切期待，這一年是嶄新的一年。

□

媽祖駐駕在家，最困難最麻煩的事都克服了，前陣子天天失眠的吳氏，終於睡了一個好覺。她起床時，感覺精神極好，想著要去庄裡的理髮廳整理頭髮，也該要有新氣象了。甫踏出房間，她便被嚇了一跳，兩名陌生男子正在院子裡東瞧西瞧。雖然她不太認識庄裡人，但男子一看就是外地來的，她敢肯定。大兒子、小女兒都出門工作，黃伯又是跛腳的，沒辦法對付兩個高大男人。她思忖著要報警，手機卻沒在身上，慌得也不知道要踏左腳還是退右腳。

「請問九庄媽在這裡嗎?」男子問。

啊，吳氏這才想起來，「對，對，在裡面。」

類似這樣的情況，每天不下十遍，吳氏根本是吊著心在生活。可能才走出廁所、剛洗好水果、晾完最後一件衣服，一個轉身，一個抬頭，眼前出現的男男女女、老老少少，盡是陌生面孔，她總是要一驚接著一驚。白天看得清也就算了，晚上直至九點仍會有信徒前來。那些信徒在院子裡、在正廳、在入門巷弄裡，從夜色的昏暗走至家裡燈火的明處，彷似平空出現的鬼魂，弄得她都要心律不整了。

「妳怎麼那麼膽小?那都是香客而已。」說話的是黃伯，他正為自己的碗挾入一塊炕肉。

「你怎麼知道他們真的是香客？知人知面不知心……」

「妳怕什麼，這裡是妳家，妳看見人就笑笑地問：『來拜拜喔？』不就好了。何況有媽祖在，壞人不敢來。」

面對一整桌的飯菜，吳氏頓時失去食慾，她苦著臉，想著自己見人就怕，哪還能笑笑地打招呼。再說若是壞人，當然會說自己是來拜拜的，難不成會坦承要來搶劫？

「不過阿母說的對，我們應該裝幾支監視器。」阿坤說完，小春立馬反對：「不要啦，很沒有隱私耶！」他們一人一句，哥哥說妳那是暴露習慣了，喜歡穿屁股會露出來的短褲，啊還是妳怕素顏的醜樣會被看到？妹妹反嗆，我在家裡愛怎麼樣就怎麼樣！

這倒讓黃伯想起一件事。小春喜歡花費時間打扮，總是全家第一個起床的。早上六點開門讓信徒進來參拜的工作，自然便由她負責。奇怪的是，小春每天開門前總要到媽祖那邊擲筊，究竟都問了些什麼，黃伯想著有一天要弄清楚。

任職貿易公司會計的小春，每天行程是這樣的，早上五點半起床，先簡單沖澡，接著依照當天的心情將頭髮用電棒燙鬈或燙直，在鏡子前試穿衣服，試著從好幾件漂亮裙子裡選定一件，將兩眼不對稱之處用眼妝修飾，噴上名為水之戀的香水，如此時間來到七點。吃完早餐，準時七點半出門，八點進公司，展開以朝氣與甜美笑容處理公事的一天。最後氣力用盡，五點半回到家，將所有一切卸掉，髮型、妝容、華服與高跟鞋，又變回住在傳統三合院裡平凡無奇的花農之女。

如今媽祖駐駕，她早上多了三件事要做，上香、擲筊與開門。這份工作對她來說也沒什麼，反而讓她節省了不少時間。

怎麼說呢？這天早上，她拿了一件白色大衣出來，來到媽祖面前擲筊，是哭筊，於是她又拿了咖啡色大衣，擲出了聖筊。不只是大衣，她連口紅顏色、包包款式、高跟鞋穿哪雙，都一一請示媽祖，而媽祖的審美觀既好又果決，筊在地上定了結果的鏗鏘，讓她堅信只要這樣穿了，今天就是幸運好日，比提醒每日運勢的星座大師來得更為靈驗。

躲在門外偷看到一切的黃伯，氣得臉色發紫，宛如今日小春脖子上領巾的顏色

（那自然也是媽祖選的，紫紅色）。他走進去，劈頭就罵：「妳把媽祖當什麼了？怎麼拿這種小事去煩祂，衣服穿什麼，妳就不能自己決定嗎？」

「阿爸你不知道，媽祖可靈驗了。有次媽祖叫我穿上頭有水鑽蝴蝶結的那雙鞋，但那天剛好很想穿另一雙金色的，就沒聽祂的，在路上竟然被野狗追耶！我騎那條路上班幾年了，從來沒有被野狗追過！你說，這是不是神蹟？」

「而且媽祖不蓋廟，喜歡住在別人家裡，像祂這麼親民，肯定不會在意這種小事。」說完，她手上拿的丈青色襯衫，得到贊同的聖筊。今天就決定穿這件了，她心滿意足地離開神明廳，獨留黃伯無語凝視著媽祖的慈愛臉龐。

□

小春的行徑雖然荒謬，至少也有恭恭敬敬地伺候媽祖，不像阿坤，對媽祖顯得有些冷淡。阿坤是電器行業務，筆電與手機離不開身，偶爾還會再架起一台平板電腦。他每天工作得晚，假日也常常外出拜訪客戶，若有空則是賴在家，坐在院埕的實木長椅上玩手機遊戲。以前妻子與小孩在的時候，他大抵也是如此。

媽祖駐駕後，他的生活沒什麼改變，比較頭疼的是，總在手機遊戲快要破關的關鍵之時，定有信徒走進來，怯怯地問，請問九庄媽在這裡嗎？他簡單回應後，換了一個坐姿，繼續玩他的遊戲，而招呼信徒的工作，自然就落在黃伯身上。

十個信徒裡，總有兩、三個會問起九庄媽的故事來。聽說祂是一年換一處人家住呦，這麼有個性？啊祂住進來後，家裡有沒有什麼改變？媽祖有顯靈嗎？再奇怪的問題，只要有人問，黃伯一定回答，這耐心堪比補習班老師，一題講解完接著下一題。人一多，就需要茶呀、水果呀，小孩來就少不了糖果。黃伯行動不便，便遣阿坤去準備，阿坤表情藏不住心裡的不耐，惹得信徒直說沒關係不麻煩，坐幾分鐘便離開了。

「來者是客，你那臉色擺給誰看！」黃伯忍不住生氣起來。

「既然他們是客人，我們是主人，客隨主便，主人家有什麼就將就點，哪搞得這麼麻煩。那香油錢……」

「香油錢怎麼樣！」

「香油錢也不是給我們的。」

黃伯拿起拐杖，準備往阿坤身上揮去，吳氏阻止了黃伯，塞了些錢給阿坤，「快去買水果和餅乾回來，等下還有香客會來呢。」

阿坤頭也不回，跳上機車一路騎至超市。不甘心似的，他在挑選零食的時候，沿路弄響那填氣鼓脹的外包裝，一排接著一排，像一頭對零嘴口味很挑剔的巨獸。結帳完剛出電動門，迎面而來的是他的妻子與小孩。也對，整個庄裡也只有這一間超市，會遇到是正常的。

他很久沒看見自己的孩子了，趕緊拿了一包餅乾出來，「這是你最喜歡的，爸爸沒有記錯吧？」孩子點點頭，很開心地收下了。

「那你記得我喜歡什麼顏色嗎？」妻子阿芬這句話沒頭沒尾，他無意回應、試圖裝傻。當然了，他一時也想不起那個答案。她習慣阿坤擅於逃避的個性，轉向他手上提的兩大袋零食，忍不住問：「你買這麼多幹嘛？」

「媽祖駐駕家裡，用來招待香客的。」

阿芬雖驚訝但瞬間了然於心。原來今年在你家，她又問，媽祖安座在哪裡？神明廳。她記得神明廳，也記得黃家所有格局，明明離開那裡只是一、兩個月前的事，卻好似已是上輩子。

「你一定很辛苦。」阿芬要說的不是貼心話，「只為自己服務的人，有辦法服務神明嗎？」

語畢她牽著孩子就走，超市電動門再度敞開，襲來一陣宛如北極圈的冷風，他就這樣被冰住了，遲遲邁不開腳步。

□

監視器終於還是裝了，裝的還是彩色的。自此之後，吳氏就只窩在有後台螢幕的小房間裡，不用再接觸人、也不會再被突然出現的信徒嚇到，她終於覺得自在多了。

成天都在小房間裡，她有了一個新發現。那些攝影機對準入口、院埕、神明廳的內與外，不同處的即時影像在同一面螢幕上分割，她只要一望，周遭所有的人流動向都一清二楚，甚至來的人偷偷用手搔搔屁股也無法隱藏。這不就是、不就是神明的視角嗎？有了這樣的領悟，她盡量不去看螢幕，畢竟自己只是一介凡人，怎麼可以擁有與神明相同的力量。

小春就不這麼想了。除了吳氏，喜歡待在小房間的還有小春。她是帶著爆米花進來的，邊看螢幕邊往嘴裡塞鹹味爆米花。她在看什麼呢？她看的是女人的裝扮，什麼配色與配件，什麼風格與風情，她都像時尚雜誌總編，絕不放過地評論一番。

吳氏覺得小春很不應該，這根本就是窺視！於是當小春呼喚她時，她並沒有理會，還是低頭剝蒜，直到第五次後，她才發現小春正指著螢幕裡頭的一個身影，嚷著問：「媽，妳看，她是不是在哭呀？」

是在哭，而且哭得驚天動地。監視螢幕是沒有聲音的，但那婦人跪在軟墊上，不斷磕頭又不斷抹眼淚，就算不在現場也能從婦人動作輕易判讀哭泣的聲量。好在，這時候沒有其他香客，或許正因如此，婦人才敢放膽宣洩。

「媽，怎麼辦？」小春又問。

吳氏搖搖頭，只能愣愣看著螢幕，猶如隔著天界與人間的距離。婦人的哭泣沒有停歇，吳氏看著看著，忍不住閉上眼，雙手合十。她想祈求媽祖，祈求媽祖庇佑婦人，無論婦人是因為何事而悲傷，都能獲得撫慰。她祈求得認真，連眼皮都用力地皺成了一團，讓原本就有的細紋更加深刻。

睜眼之時，神蹟還未抵達，婦人仍在哭泣。

婦人的模樣，讓她想起自己的新婚，當時黃伯車禍住院，她白天去醫院照顧，晚上只能躲在空蕩蕩的新房裡哭泣。舉頭三尺的神明，定也是像她此刻，俯視著無助而悲傷的人們。

吳氏也說不上來，為什麼這麼做，她握了握女兒的手，好像要從中獲取勇氣。她不是神，沒辦法護佑平安、驅避厄運，但她能做到只有人能做到的事。

她離開小房間，走進神明廳，跪在婦人身旁，拍撫著婦人不斷抖動的背。她沒有說話，也無話可說，悲傷哪有這麼容易被話語哄騙。她一次又一次撫摸，像初為人母那般輕撫幼兒。婦人被這樣的溫柔所安慰，倒進她的懷裡，於是她們倆緊緊抱著，就像一對同時流落人世間的姊妹。

□

媽祖駐駕時間，已經過了半年。吳氏好像變了，又好像沒有。她還是那個老縮著脖子肩膀、一點點聲響就會驚跳的吳氏，但是她帶著比一粒米還小的膽子，開始在有人的院埕活動。可能只是小小一聲，來拜拜呦，或是，來喝茶啦，都讓院子裡的氣象不一樣了。好像有什麼封閉的東西，終於敞開了一點點，讓風透了進來，也讓人走了進來。

然而對黃伯而言，吳氏的改變也好像只是一隻小貓多長出了幾根毛，不甚明顯。他很擔心，已經半年了，每天的日子都是相同的，人在其中能有什麼不同嗎？如果不趁此次媽祖駐駕的契機，他們還能倚賴什麼力量有所改變呢？

在他陰鬱地思考之時，歷任爐主、理事長、理事們從門口走來，坐進院埕內的兩張十二人大圓桌。這值得紀念的爐主聚會，將要決定許多大事，像是明年爐主選拔的擲筊地點時間、繞境路線、扶轎的轎班人員。整個庄好似才安靜下來沒多久，又要為了媽祖熱鬧起來。

理事長先敬酒感謝黃伯一家，願意擔任「寄宿家庭」。

「現在終於可以講了！當時我們都擔心呀，第一、三順位的，他們是基督徒，不拜媽祖的，第二順位住公寓，進出都要門禁，信徒根本沒辦法拜拜！」這話其實最好不要說，庄幹事想阻止理事長卻沒有成功，「黃家，黃家是第四順位，擲得十個聖筊，也很厲害了！所以說呀，第四順位又如何，跟媽祖有緣才重要！是不是？」阿坤忍不住啐了一聲，被騙了，其實拒絕也可以的嘛。那音量雖小，也躲不過眾人耳力。

「無論順位如何，只要能為媽祖服務，就是我們的福氣。」黃伯也回敬理事長，將場面又緩和下來。

在場的還有歷任爐主，不知有意無意，紛紛講起媽祖駐駕的好處。有著地中海禿髮問題的陳伯，與妻子多年求子不得，媽祖駐駕那年竟然老年得子，生下與自己相差五十歲的兒子。

有囤物癖的張太太，一家長年住在滿是塑膠袋與廢棄物的小房子裡，為了迎接媽祖，決定蓋起三層樓高的透天，並被強迫改掉囤物癖。張太太說，每次只要又撿了不要的東西進來，媽祖就會生氣，閃一下蓮花燈作為警告。如今房子乾乾淨淨、舒舒服服，才有了家的樣子。

上一屆爐主林桑，實在不習慣媽祖已經不在自己家，於是天天都來黃伯家拜拜，唯有看見媽祖，一天的心才會安。

「媽祖走的時候，我們一家子都哭得很傷心呢。」林桑說這話時，自然是凝視著遠方神明廳內的媽祖說的。阿坤也不知道是不是故意的，偏偏在這種時候露出不以為然的表情。林桑看見了，便故意說：「我看，轎班大任，交給黃伯兒子最妥當，年輕又體格好。」

「我沒辦法！」阿坤撇得一乾二淨，連碗筷都放下了。

這反應惹得在場長輩有些不悅，紛紛一人一句，極表贊同，硬是要阿坤接下這個任務。阿坤以眼神向黃伯求助。

黃伯沉著臉，眼前正應證了他的擔憂。阿坤還是那個阿坤。思索了好一會，幾乎是放棄的口氣：「我是怕我兒子沒那種能力，擔不起。」

黃伯語氣裡的認真，讓眾人也同意此事再議，畢竟可不能為了與年輕人賭氣，就搞砸了媽祖的繞境。

但是阿坤呢？阿坤聽了這話應當要開心的，可以擺脫這麻煩事，但心裡卻被扎了一下，剛好扎在當時被阿芬那句話所刺痛的那一處。

「只爲自己服務的人，有辦法服務神明嗎？」

這句話就像詛咒跟著阿坤，隨時隨地，無時無刻。他想辯解，難道萬事以自己作為優先考量是不對的嗎？他不是聖人、不是信徒，就是一位賺錢討生活的電器行業務。他從沒想當熱心助人的人。過了五分鐘，他又想，但自己也沒真的那麼冷漠吧，如果有人需要幫助，他應該，應該還是會幫忙的。

此時剛好有一個機會。新來的菜鳥急著要外出拜訪第一位客戶，然而等等垃圾車要來了，菜鳥正躊躇是不是倒完垃圾再出門。阿坤把握這個機會，對菜鳥說不要讓客戶等、垃圾我幫你倒，令菜鳥不斷向他道謝。

他的心情因為這件事變好了。看吧，看吧，我可不只為了自己服務喔。他在馬路邊，哼著歌，等待垃圾車緩緩前來。隔壁民宅的老先生，追趕著即將靠近的垃圾車音樂，心一急，在家門口腳絆了一下，所有瓶瓶罐罐都散落地面，打亂了阿坤的哼歌節奏。垃圾車在這一刻駛來，阿坤以漂亮的拋物線將垃圾扔進去，轉身就要進公司。老先生還在撿地面的瓶罐。阿坤回過頭，打算看看才幾個瓶罐老先生要撿多久，哈，難不成瓶罐有意志，故意要脫逃嗎？原本站在垃圾車上的年輕隊員，輕巧跳下來，幫忙撿起罐子。過程中，隊員與阿坤的視線對上，阿坤無法正視那種眼神，逃進了辦公室。

阿芬那句話又冒出來，宛如立體環繞音響在身邊播放，將阿坤打回原形。為什麼不去幫忙撿呢？啊，一定是事情太突然了，才沒想到。對，我只是來不及反應。而且我也不認識那位老先生。對，就是這樣，我下次一定會幫他，如果他又掉罐子的話。阿坤這麼下了決定。

縱使他這樣安慰自己，過往畫面卻越來越多，好像有人調出了監視器，將他一生之中的冷漠與自私，全部回播給他看，指證歷歷。

阿芬那次是不是也這樣？為了跑業務，阿芬生產出院沒去接她，是靠娘家弟弟接送才回來的。不敢再繼續想下去，他發現自己對小孩也是如此，多次以打電動、想睡覺為由，拒絕陪小孩去盪鞦韆、抓夏日的蟬、觀察太空包的香菇。不對，他對父母也是，母親那次住院一星期，他卻一天也不願意請假（當時正是業績考核期呀！），只讓跛腳的父親與正在讀書的妹妹去輪流照顧。啊，還有妹妹，妹妹考大學當天下大雨，要他開車載，但他覺得下雨天容易塞車，開車來回肯定要耗費數小時，不如請計程車單程送去才不浪費時間。妹妹後來為了等計程車，險些趕不上考試時間。

他的心一點一滴地冷了，終於有點明白阿芬想要離婚的理由。

不對，現在還來得及，他可以證明，證明自己不是那種人，或者就算是，他也可以改！

回到家，他一見黃伯正與理事長喝茶，挺著胸膛走去，說：「讓我當抬轎班班長吧！我一定可以做好！」

「啊你別來亂！你哪有辦法？」黃伯毫不留情面。

「可以！我可以！」

理事長正愁這事，開心得眉毛都快飛離臉上：「年輕人有熱情，就是讚！就交給你了！」

轎班的事情就這樣定下來了。

沒幾天，阿坤就後悔了。進抬轎班就算了，當班長又是另外一回事。這個班長可不像國小時期的班長那麼簡單。首先，阿坤必須想辦法湊齊抬轎的八個人。目前扣除他與兩位自願的，還必須找五位年輕壯丁，才有辦法抬起破百公斤的神轎。阿坤最先下手的，是公司的後輩同事，從威逼到懇求，耗費整整一星期，才終於招募到兩位。

接下來就麻煩了，他沒有朋友，也不太認識庄裡人，只好把腦筋動到客戶頭上。他打電話給幾間長年配合的公司行號，對方還以為是定期維修冷氣的售後服務，一聽是要幫媽祖抬轎，連忙婉拒。掛了電話，他也不放棄，直接登門拜訪，抓著課長、主任、小企劃，又是一陣勸說。據說幫媽祖抬轎，人會開運耶，生意也會變好耶，這麼難得的機會，幫你留一個位置啦。見對方有些心動了，他還會接著說：好啦，下次買冷氣，不收安裝費，幫你跟媽祖結緣啦。

阿坤畢竟是做業務出身，將媽祖抬轎與冷氣安裝綁在一起，變成好運又好康的套組，成功招募到了兩名成員。

只差一位了。這一位，他真是再也沒辦法了。

「人找齊了沒？」黃伯在院埕整理香爐，將一支支的香腳拿起，全部放進原本是裝餅乾的鐵盒裡。這樣的鐵盒，黃伯已經蒐集了好幾盒，整齊地堆放在間廳。

「還差一位。」他翻找手機裡的聯絡簿，裡頭每一個號碼幾乎都被他騷擾過了。阿坤這前所未見的認真，黃伯都看在眼裡，安慰似地說：「如果你盡力了，剩下的，九庄媽一定會幫你。」

黃伯將手上的香插進香爐的那一刻，阿坤想起了，還有一個人他沒有問過。要問嗎？他很猶豫，畢竟他們關係十分不好，如今又更加尷尬。一定會被拒絕的，還是別問的好。他越是這麼想，越是焦躁不安，抖腳的習慣此刻也越發嚴重。下一秒，他的腳彷彿有意志似的，帶著他起身，騎上了機車，朝鐵定會被拒絕的那個人家裡去。

路途上，心和腳依舊沒有同步，心吵著嚷著說，幹嘛去，去了丟自己的面子，反正他一定會拒絕的呀。腳，無語。兩者一直到了對方家門口仍沒有共識，弄得阿坤不知是要下車還是回頭，這副怪模怪樣被正要出門的阿芬撞得正著。

「你來幹嘛？」

「找妳弟。」

「找他幹嘛？」

「問他要不要進抬轎班，媽祖過年要繞境。」

阿芬毫不掩飾她的懷疑，阿坤與弟弟曾經為她打過一次架，自此他們就從未講過一句話，在不得已的場合，也頂多點頭示意。

「我現在是抬轎班班長，差一位就湊齊了。」

「他不會答應的。」

「為了我，他一定不會答應，但這是為了媽祖，他或許會考慮看看？」

眼下弟弟不在家，阿芬只答應了會問看看，便出門了。被留下的阿坤，瞧見紅磚牆上攀了藤花，是紫色的。他終於想起來，那就是阿芬最喜歡的顏色。

□

阿坤想起阿芬最喜歡的顏色，小春卻突然對於要塗什麼顏色在自己臉上有所遲疑。以前不會這樣的，她總是能依據當日心情找出最恰當的顏色，好天氣時眼影是藍的，初春會以粉色調為主，如果真拿不定主意，她還能擲筊問媽祖。但今天，她突然失去了興趣，只端詳鏡裡的素顏。

她不時想起前幾日遇見的女人。那女人在監視器裡，美得容光煥發，美得讓小春走出房間，想親眼「朝聖」妝髮、衣著與神態。從監視器裡，早已知道女人的素淨，白T搭牛仔褲，腳下是健走鞋，但實際一看，還是令小春震驚。那女人沒有化妝！沒有底妝、沒有眼影，也沒畫眉毛，白嫩肌膚上頂多就是乳液加防曬乳。她接著更仔細地看，女人並非天生麗質，像是左右眼有些大小不同，眉毛稀疏，某些角度甚至能看出雙下巴的存在。

那女人完全顛覆了小春的信仰——不只是女性的美必須透過化妝得來，最直搗信仰核心的，是在二十一世紀的現代，竟然有女人敢素顏出門而依舊美麗自在！

女人的美究竟來自哪裡？她想不通。也不知道是在跟誰賭氣，或是某種人性實驗，小春決定今天就不化妝了！

最先被小春的素顏給嚇到的，是正要拿水果去招待香客的吳氏。

「妳今天怎麼沒化妝？唉呦，氣色看起來不太好……」

接著是急忙要去找師傅來指導如何抬轎的阿坤，「妳沒化妝也差太多了！黑眼圈都跑出來了！」

按時整理香腳的黃伯見了則說，「今天媽祖沒有當妳的『造型顧問』嗎？」

一氣之下，小春回過頭，又把妝全部畫上，填補毛孔的坑洞、修整眉毛的對稱、增添臉頰的血色，宛如是在建造一座堅不可破的城牆，誓言將所有的醜抵擋在外。

無瑕，化妝品廣告都是這樣說的。小春看著鏡中無瑕的自己，沒有笑容。

小春第一次化妝是初進大學的時候，她和幾位同班女生一起參加化妝品公司的免費課程。來教大家怎麼化妝的，是一位很喜歡亮藍色眼影的指導員姊姊。姊姊使用自家產品，以小春為模特兒，一邊說明，一邊上妝，十五分鐘後小春拿起鏡子端詳自己的臉，著實嚇了一跳，她的臉上也出現了一樣的亮藍色眼影，還有過白的粉底、過紅的腮紅。縱使是現在回想，她依舊很驚訝自己當時怎麼就如此坦率地哭了起來，嚷著要把臉上這些全部擦掉。

身為指導員，姊姊相信自己的美感，她對小春說：「很好看呦，妳只是不習慣上妝的自己。」

姊姊說的對，後來從素顏到全妝的過程，小春大概花了三年，而不是短短的十五分鐘。時日一久，真的慢慢習慣了，反而不習慣素顏了。

人心都是會變的，小春想，在素顏與全妝間反覆，但真正想回去的時候，好像又回不去了。要怎麼面對自己的本來面目？那個女人究竟是怎麼做到的呢？

整夜睡不好，小春五點就醒了。她為神案更換新的茶水，也點了香。九庄媽烏亮的臉龐，沒有任何裝飾，似笑非笑。

沒事做，她開始幫院埕的花草盆栽澆水。一道開門聲令她回頭，阿坤亦是整夜沒睡的樣子。他們兄妹間很少說話，有一種縱使想說點什麼卻又無話可說的尷尬。今天更是如此，兩人各有煩心事。小春專注看著水從水管流出，形成一道漂亮的弧線，水珠嘩啦嘩啦降落在花瓣與葉子上，彈跳個幾輪，全部又流進土裡。

「睡不著？」阿坤問。

她沒有回答，反問：「抬轎班最近如何？」

有了阿芬弟弟的加入，抬轎班成員終於找齊了，開始一星期一次的特訓。兩個月過去，轎班成員們的步伐仍有些凌亂，無法統一。心裡的沉重也顯現在阿坤肩膀上，紅腫疼痛，新舊貼布不斷更換。除了神轎，遶境隊伍還需人持儀仗隨行，這部分的人手也尚未找齊，阿坤睡不著也是因為如此。

「妳呢？」他反問。

她有些猶豫是否要坦承心事，但是初生的早晨令人心變得柔軟，一天才要開始。

「我素顏真的有那麼難看嗎？」她問得吞吐。

阿坤表示真搞不懂她，喜歡化妝的是她，突然又不想化妝的也是她，倒也不是真的醜，「就是突然不習慣而已。」

不習慣。她喃喃。

「如果把女人比作是花，妳有看過明明已經很漂亮的花還往自己臉上化妝的嗎？」

阿坤的比喻荒謬，花又沒有手，怎麼化妝？她想反駁，笑意卻一點一點滲進心頭，就像那些輕盈降落在土壤裡的水珠。

心情開朗了，她想說的話便變多了：「遶境隊伍還缺什麼人？你是不是還沒找到持涼傘的？就我吧。」

外觀圓柱形的涼傘，功能是遮陽，古代帝王出巡時也會使用，如今涼傘象徵的是尊貴地位。

「妳不是最懶得出門了？」

「你都自告奮勇當轎班班長了，我比你勤勞又認真，持涼傘算什麼。」

阿坤張嘴，似乎想吐槽又想道謝，小春先一步阻止他，「等我們真的順利將媽祖送至下一個庄頭，再謝我吧。」

得知小春答應持儀仗，黃伯有些訝異。反正持涼傘可以防曬，小春只這樣淡淡帶過。令他更訝異的，是她化的妝變淡了。

於是每個星期三晚上，她會換上輕便衣服，畫上淡妝，前往練習的廟埕。

這日黃伯也想去看看，他駕著電動代步車，小春則是緩步而行。他們一起走上一段路。

「媽一個人在家可以嗎？」小春問。

「妳阿母已經不是以前那個阿母了。」他說。說不上滔滔不絕，但吳氏現在見了人，也能講上幾句話了，還結識幾位同歲數的姊妹。「妳也是，怎麼不像以前那樣化妝了？」

她搖搖頭，「大家都沒化，而且夜色暗也看不清楚。」

「也是，而且媽祖看的是妳的心，不是妳的妝。」

黃伯講的這句話，莫名地一直停留在她心裡。是呀，媽祖看的是我的本來面目。她想通時，覺得整個人變得無比輕鬆。

他們準時來到當地另一間大廟，廟埕廣場已經聚滿了人，有轎班的、持儀仗的，以及那些人的眷屬小孩全都來了。八位年輕大漢已經就定位，小春看見阿坤在轎輦最前面，發號施令，來，起！他們將神轎抬起來，踩上練習許久的七星步，右邊，一二三蹲，左邊，一二三蹲。

追求這些真的重要嗎？轎子只是神明的交通工具，能往前，不撞傷，不就好了嗎？擁有這樣疑問的人，小春認為他一定沒有仔細觀察過抬轎。自然了，人走就會往前，但是步伐的快慢長短會影響整體律動，神轎搖晃擺動的弧度是可以很美的，就像美女的眉毛。

加入遶境隊伍一個多月，她親眼見證轎班步伐逐漸一致的過程，那也是人心逐漸緊密的過程。阿坤他們抬轎時寂靜無聲，那些口號不會唸出，因為在真正遶境當日，鞭炮、群眾、車流的聲音會從四面八方而來，他們能倚靠的只有日復一日練習出來的默契，在心裡，靜靜的，一二三蹲。

阿坤他們練得一秒不差，每個人都在同一時間前往一樣的方向。小春覺得，今天晚上，那神轎的擺動，絕對是絕世美女的蛾眉。

在場的人都給予了掌聲，阿坤他們放下神轎，彼此擊掌，包括阿芬的弟弟，他們也做了一個很兄弟式的碰拳。小春看見了，帶著小孩來的阿芬也看見了。有什麼在阿坤身上起了變化。

看見的，還有黃伯，他在人群最外圈，清清楚楚地看見阿坤的有所改變。

□

媽祖駐駕即將到了尾聲。黃伯真不敢相信，一年時光流逝得如此快速。自從媽祖來了，他便鮮少出門，整日在三合院招呼來往香客。時日一久，也認識不少熟面孔，其中屬一位總穿淺灰西裝的男子最令他印象深刻。男子每月都會來一次，帶上豐厚供品，有水果、糕點、飲料，祭拜完便留在黃家，與其他香客分享。

這日，男子又來了。或許是駐駕即將結束，心想這也許是最後一次見到男子，黃伯便請他坐坐喝茶。他們隨意閒聊，意外得知男子過往的人生。

男子五十多歲，從小是孤兒，流浪在不同臨時工作裡，賺錢存錢，開業過，也倒閉過。好不容易事業終於做起來了，他也終於娶妻生子，卻在一場車禍中死了妻子與孩子。他所有的一切轉眼消散。無法振作的男子拋棄房子與事業，做了好幾年的流浪漢，徒步流浪，走到哪睡到哪。宛如是無日無夜的永劫地獄。

「直到遇見九庄媽。」

男子說，他多年前徒步來到山城，見了九庄媽猶如見到從未謀面的母親，他哭倒在神桌前，賴著不走好幾日，爐主一家也沒有趕他。直到某日他醒來，感覺眼淚都已經流乾，感覺在所有逆境後頭的明日還未被毀壞、還值得期待，他才振作起來，重返正軌。

黃伯聽了這等悲慘遭遇，想說些什麼安慰的話，卻被阻止。

「人生不就是這樣嗎？」男子說。

黃伯想起這一年看過的香客。一百位香客，便有一百種人生。那些香客背負各自的人生，腳步難免沉重，然而只要來過，離開時似乎都變得輕盈了。他們的人生並不是因為向媽祖上香而改變，而是別的緣故。

如此一想，他頓時覺得自己的人生，並無太差。他想要靠那隻跛腳，走出當年車禍的厄運。他還可以走。而且，他已經跛了腳，不能再跛了心。

□

時間過得極快，媽祖明日就要啟程，遶境八庄，接著駐駕另一戶人家。這一晚，黃伯睡不著。他盡可能安靜的，減低那扇老舊紗門閉合的聲音，獨自走到院埕，將金紙櫃上的鐵盒一個個拿下來，數起了這一年搜集來的香腳。

他不知道為什麼要留著，也不知道為什麼要數，反正這個夜肯定漫長且無法入睡。他將一百支綁為一捆，一二三四五六七八九十，二二三四五六七八九十，數字後頭還是數字，宛如數羊的人總是數不盡草原上的羊群。

門嘎呀一聲，走出來的是吳氏，她披了薄外套，看起來也毫無睡意。冷冽帶有山城濕氣的空氣中，似乎有一種號召，吳氏也做起了相同的事情，開始數香腳。接著是阿坤、小春，不約而同地走出房外，他們各自拿了幾個鐵盒，仔仔細細地，一百支為一捆。

一二三四五六七八九十，二二三四五六七八九十，三二三四五六七八九十，四二三四五六七八九十，五二三四五六七八九十，六二三四五六七八九十，七二三四五六七八九十，八二三四五六七八九十，九二三四五六七八九十，十二三四五六七八九十。

黃家四人，如抬轎那般，位居前後左右，數著安靜的數字，一起前往相同之地。

接著，一百、兩百、三百……

「總共兩萬兩千支。」小春大聲宣告，像春雷宣告雨季。

「剛剛好兩萬兩千支？這麼整數？」阿坤對這個數字感到吃驚，沒有多一支，也沒有少一支，就是整整兩萬兩千支。

在一片只有蟲鳴的安靜裡，吳氏笑了，笑那不可思議的湊巧，也笑那數字裡的圓滿。

「這一年呀……」黃伯說，但話沒有接下去。

無妨，所有人的一年都在各自的心裡，反覆綻放，看似盡了又未盡。

黃伯望向神明廳的九庄媽，感到所有願望都已實現。

〈一年〉完

島嶼上的神祇——九庄媽

有神無廟的媽祖婆，早期由台中新社區九個庄頭輪流祭拜（現為八庄），故稱「九庄媽」。每年透過擲筊選出年度爐主，供奉家中，開放民眾祭拜，並於農曆春節期間舉辦遶境。此傳統已有百年歷史，往往全村動員，實為新社地區年度大事！由於每年更換爐主，記得前往參拜九庄媽之前，可以先至官方臉書查詢年度駐駕位置，才不會找不到祂呦。

神在人間

祂跟我說，祂開始看電影是在一九九五年。那時候國片已沒落一陣子，外國電影、新式電影院正快速崛起，彷彿電影本身就足以成為自行運轉的夢的世界。與此同時，對於神的信仰也開始沒落。人們寧願信仰夢，也不願信仰神。

對於信仰的沒落，祂其實沒什麼感觸，畢竟世間萬物都是相應而生，風雲雷電雨也是相同道理，彼此起落生滅，萬年千年來都是如此。

對祂來說最大的影響，無非是信徒變少而讓空閒時間變多了，多到祂可以看一場電影。還記得一九九五年的那日，祂來到人口密集之處，看見宛如能勾到天際的大樓，為了各種慾望而誕生的產品，以及隨時要與人擦身的擁擠。那裡沒有祂熟悉的風景，沒有老樹、石子路與筊白筍田。城市與鄉村的風景落差之大，令祂感到目眩。沒有方向，祂只能隨著匯集的人流，一同走進了電影院。

意外的，祂在電影院找到了容身之處。不只是因為影廳的暗與銀幕的亮不斷交錯閃爍，像極了祂很是熟悉的夜晚與雷電，更是因為祂在電影中找到了撫慰，撫慰了祂尖銳的鳥喙、毛躁的翅膀，每一根羽毛都因為觸碰到了夢而變得柔軟溫順。難怪人們現在只信仰夢。祂想。

你最喜歡的電影是哪一部？祂打斷了自己的敘述，插入這個問題，似乎這個問題比祂眼前要講的故事還要重要。一時之間，我想不出來。好吧，講不出最喜歡的，總有印象很深刻的吧？祂又問，但並沒有等我回答，而是作為另一個開頭。

很多電影，祂看過後永遠也忘不了，祂說。祂相信，就算是在遙遠又咫尺的未來，電影同光碟片、錄影帶在人類的歷史中被淘汰，祂也會永遠記得那幾部電影，特別是最值得紀念的第一部。祂覺得自己很幸運，如果不是在一開始就遇見好電影，或許現在祂就不看電影了。

被祂如此推崇的電影，劇情是關於一名無罪的銀行家，被捲入殺人案件，因嫌疑重大而被判無期徒刑入監，在獄中歷經考驗與欺凌，依舊不放棄希望，最終逃獄復仇、重獲自由。祂沒有說喜歡的原因是什麼，我只知道，電影最讓祂滿意的，是後半部出現了戲劇性的閃電、雷聲與暴雨。作為一個人的命運轉折，那些都是必須的，祂誠懇地說。

祂說起另一部讓祂「永劫」難忘的電影。當時祂還不知道，不知道那部電影會有如此衝擊性。祂強調，神並不是所有事情都能夠預知。

那日祂像往常一般，向窗口售票小姐說，請給我一張最快開演的電影票。那時候祂應該就要察覺了，察覺電影院擁入了比平常更多的觀眾。或者祂至少仔細看一下票券上頭的電影名稱，也許祂就不會受到那麼大的打擊。

帶著一甜一鹹兩桶爆米花，祂走到老位子，最後一排正中間。祂喜歡那個位子，或許是因為那裡最像神的視角。祂吃一口鹹爆米花，再吃一口甜的，展現了祂身為神的公平性。

這樣的公平性，對於觀影者來說亦十分重要。好的觀影者，要帶著趨近於零的偏見，沒有固執己見的喜好，無關乎導演、演員、類型或語言，什麼樣的電影都願意看一看，讓每部電影的機會都是平等的，讓自己被觸動被豐富的機會也是平等的。

如果不當神，我是滿想當影評的，你覺得呢？應該滿適合的吧。表達完對「公平性」的看法，祂又自顧自地說。

回到祂要說的故事上。頭一次感覺時間如此漫長，祂說。人間兩小時原是神界兩分鐘，但祂在戲院的每分鐘都有如小時之久，彷彿人間與神界的時間顛倒了過來。秉持著禮貌，等片尾名單全部播放完畢、燈光再次亮起，祂才抖了抖沾黏著碎裂爆米花的黑色翅膀，踉蹌離開。祂那凝重的模樣，彷似剛從什麼巨大災難中倖存下來。兩桶爆米花都還是滿的，象徵電影讓祂難以下嚥的程度。

奇怪的是，魚貫的人群中，所有人的情緒都與祂相反，特別是象徵流行指標的女大學生，她們反覆在笑聲裡迸發出的關鍵字，都讓祂的耳朵更痛了。

雷神索爾好帥。金色長髮。肌肉猛男。武器是鎚子。好想被他拯救。

這些話語，伴隨祂走過電影院的陰暗，來到外頭陽光下。祂抬頭迎接炙熱之光，腳掌則感受到了午後柏油路的烘熱，令祂再次確信：啊，我真的是在人間呀。這個人間，這個人間……真的是太偏心啦！！！

講到這裡，祂再次強調，當時情況確實必須使用三個驚嘆號，才能表達內心的撼動。因為祂發現，現實世界極有可能被電影創造的夢境所取代，而祂，祂也即將在人間失去立足之地。

祂內心的撼動，讓手中爆米花散落一地，附近的鳥紛紛從樹梢、屋簷和馬路旁飛來啄食。不僅如此，祂的壞心情還從遠方召來了烏雲，頓時半座城市都籠罩在陰暗欲雨的不安氣氛裡，眼看下一秒即將降下雷電……

「你的爆米花都快被小鳥吃光了。」

說話的女孩年紀約莫十來歲，祂認得，祂常常在電影院看到她，總是一個人。她是以一種實事求是的口吻說的。這樣的突如其來，祂不知如何反應。

「不然我們拿去公園餵鴿子吧。」

「快走吧。」她又說了一次。

雷電就這樣被來路不明的女孩阻止了。

祂隨她來到附近公園，這個公園不是挺大，但應該要有的都有了，涼亭、孩童玩的遊樂器材、一些樹一些花，還有不是很長的石塊步道。

祂們坐在步道旁的木椅上，女孩把爆米花向外撒出，宛如帶有玉米香氣的桐花。很快地，鳥都來了，麻雀、鴿子、八哥。那些鳥拍著翅膀，降落，起飛，彼此的羽翼偶爾還會揮到對方，免不了一陣吱吱喳喳。

「不知道那些鳥在說什麼。應該要拍一部這樣的電影。」女孩邊撒爆米花邊說。

「剛剛那隻身體比較圓的麻雀說，欸，外來的，有點禮貌！被嗆的那隻八哥，昨天才掉了幾根羽毛，心情不是很好，罵麻雀是短腿麻糬。」

是喔，女孩說。

見她不信，祂於是說：「我是掌管雷電的神。聽得懂鳥語。」

聽到這裡，我忍不住一愣，如此揭示自己的身分，不會太唐突嗎？何況前後句的關聯性是什麼？當然，若是認識祂，自然一聽就懂。可是祂面對的是剛看完雷神索爾電影的小女孩。總之，祂就是那樣說了。

女孩就像所有入戲太深的電影迷那樣，現實與電影的界線變得極為模糊，他們願意相信，或者是說期待，期待有日電影情節會在身邊上演。我猜想，女孩聽到那句話的當下，肯定有一瞬認為自己就是飾演粒子學家的女星娜塔莉波曼。但她還是很謹慎地看了看身旁這個男人，發現祂手上並沒有拿著雷神之槌妙爾尼爾。於是情況整個反過來，女孩認定祂是個走火入魔的電影迷。

或許實話殘酷，她還是說了，說得委婉：「你看起來不像雷神索爾。」她的這句話讓祂想起了，看完那部電影感到不愉快的原因。人們該不會以為在偌大的世界和宇宙裡，掌管雷電的，只有這一位來自北歐的雷神吧？更何況，那位奧丁之子，可不是長得像電影裡那樣。好萊塢真是罪惡之地。

同時，祂想起多年前，自己也曾經有過相似的抱怨。那時人們對話裡不斷出現的「雷神」，竟然是一款來自日本的巧克力，祂氣得當場把巧克力包裝撕得稀巴爛。（喔，我實在不敢告訴祂，自己當時也很瘋迷雷神巧克力，甚至為了它，排隊一個小時。）

「雷神，不是只有索爾。」祂對女孩說，語氣虛弱。或許這虛弱也是因為祂要極為忍耐，不要和孩子一般見識。

女孩卻當作是電影迷的挑戰，「不用你說，我也知道，我看過的電影可多了！」

她頓了頓，在腦裡搜尋她看過的所有電影，「所以你會像宙斯一樣，把閃電當作武器，拿起來丟嗎？」

祂搖頭。

「喔，還是你的意思是說，你可以像閃電俠那樣，跑得很快，快到穿越所有物理定律，甚至穿越時空？」

祂再次搖頭。

「那我還真不知道你是哪一種雷神。」她有些生氣。

啊，這句話，逼得祂決定暫時無視神祇規矩，以真貌在人類面前現身。

祂那張原本再平凡不過的路人之臉，慢慢產生了變化，嘴巴往前突出，變成了堅硬的鳥嘴。原本困在鞋子裡的腳，也掙了出來，是一雙大而尖銳的鳥爪。接著，一對羽毛豐富光亮的黑色翅膀從背後展開，瞬間的風力將周圍落葉往後吹開。女孩的瀏海也因而翻飛，露出睜大的雙眼。

為了現身得更加全面，祂亦召喚出自己的法器，斧頭與尖錐，當兩者相擊，將產生霹靂閃電。

這魔幻的一刻，被祂用神力所圍起的結界所籠罩，旁人無所窺看。

祂以神明之姿，凝視著女孩，期盼她有所回應。祂等她吐出第一句話，可能是「天啊！」或是「我知道祢是哪位神祇了！」

祂等。

但她說的第一句話是：「我有癲癇。」

她接著說：「你知道癲癇嗎？癲癇是大腦裡有不正常的放電現象，所以會讓我突然抽搐、倒地、四肢僵硬、口吐白沫，就像被電到且被拉上岸的魚。這種狀態大概會持續五分鐘，時間一到，自己就會好了。可是如果超過那個時間，就會變得非常危險。像我之前那次，就被送到了急診室，所以我媽媽最近都不讓我上學，當然也不能出門。我是偷偷跑出來的。拜託，現在可是二十一世紀，誰會聽父母的話乖乖待在家裡？對了，癲癇還不只這樣，偶爾會讓我產生幻覺。」

祂的思緒完全跟不上這段話，露出迷茫表情。

「所以我的意思是說，你的鳥嘴和翅膀，一定也是我想像出來的。」她態度輕鬆地結束這段對話，繼續朝草地撒爆米花，彷彿整個下午都沒發生任何奇異之事。

□

我可以想像，同時也無法想像，祂有多麼沮喪。祂說，那個下午，祂是垂著翅膀回到住所的。

神的住所可不一般，祂選在整座城市最高的大樓上頭，並用晴朗日子裡會出現的高積雲所建造，既乾爽又蓬鬆，還能巧妙融入天空之中，避開人們鮮少仰望但日益精明的雙眼。

到底幾年了呢？自從一九九五年在那裡看了第一部電影後，祂便經常往返農村與城市之間，直到……對了，直到當初為祂建廟的村子，裡頭年輕人都到外地打拚，留下的老農都老得無法再拿起鋤頭，祂才在城市裡建立了雲所。起初，祂去雲所大概是一個月一次，後來變成一星期，再後來就正式定居下來。

千萬別誤會，祂說，祂並沒有捨棄那座盛產筊白筍的村子，真要說，反而是村人慢慢遺忘了祂。

在老農逐一離世後，祭拜的村人越來越少，有時候祂坐鎮廟裡，一整天只有廟公前來開門與關門。廟前的筊白筍田，在風的吹拂下，細長筍葉不斷招手，水田也綠波蕩漾。祂凝望這無事之景，感覺時光如村子般荒涼。

人都到了哪裡？

人都到了機會無限的城市。祂也想去看看，那所謂的城市。於是祂去了，並住了下來，在雲高之處俯視人間，俯視與星空遙遙相對的燈火點點。那是人所創造的星空，也是人們遺忘祂的開始。人們相信人定勝天，相信科學的力量，相信自己就能掌控電力，只要小小的一個按鍵，任何人都能呼光喚電，讓黑夜淪為城市夜景的襯底。他們不再相信黑夜裡或雲之上，有什麼能凌駕他們的更神奇的存在。

他們真的不相信。下午那名女孩讓祂更加理解到這點。親眼所見，已經無法證明「真理」，畢竟有太多如夢似幻的電影，透過科技，讓人「親眼所見」。IMAX與3D的組合，就是如此，祂曾經為了閃避投射而來的萬發子彈，瞬間變回有翅膀的原形。可見多逼真呀。更不用說連椅子都會震動的4DX，看有怪物在後頭追趕的電影最適合了。

祂在雲所內思考，用手枕著頭，躺上由潔白雲朵做成的沙發。祂思索，如果都市已然成為無信仰的荒漠，是不是該回到村子裡呢？

祂朝客廳中央的青石供桌望去，香爐有數炷香，還有六顆蘋果與一包名為乖乖的零食。這座青石供桌，以神力連結著人世間的供桌，若有人前來祭拜，供品便會顯現於此。以往供品數量之多，往往會多到供桌同時分化出十幾張也不夠擺，如今卻寥寥可數。

帶著鬱悶，祂打開供桌上唯一的乖乖。其實這包乖乖出現在供桌是很不尋常的，村裡供品大多為農家自種的水果和稻穀，以表達對擁有鳥類外型的祂的尊重。心裡雖然納悶，祂還是像小鳥般小口小口地吃了起來。餅乾在嘴裡喀喳喀喳作響，思緒也被咀嚼得零碎。

如果回去村子，祂已經想像得到那樣的日子。祂會守著還堅持持香的最後一位信徒，慢慢等待藤蔓爬上祂的石頭小廟，直到廟名再也無法辨識為止。然後，祂將被人們深深遺忘，被鄉村的人也被都市的人所遺忘。畢竟如今人們都能造雨發電，雷電宛如是人類發明的一種科技產品，與自然不再相關，當然也與神不再相關。

在祂游移不定時，另一個念頭突地竄出，宛如鳥類在飛行之時，瞬地長出一根用來感受空氣變化的纖羽。沉默但敏銳的纖羽輕聲說，這時候該轉彎了。

該轉彎了。沒錯，不能就這樣回到村子，祂應該要在都市開拓信仰的疆域，成為不被人們遺忘的雷神！祂要讓世人知道，祂才是這片土地上唯一正宗的雷神！雷神索爾與雷神巧克力，都只是誘惑人們掏出錢的舶來品！祂越想越激動，踱步變成了拍動翅膀的飛蹬。

但要怎麼重振「雷名」呢？

祂也不知道，於是決定先把小使者們召來。祂從自身翅膀拔下一根黑羽，讓它順著宛如河流的高空之風，朝應往的方向而去。

沒多久，一根黑羽召來了上百隻的烏鴉與喜鵲。

烏鴉率先佔據了堅硬的桌椅和櫥櫃，喜鵲則偏好柔軟沙發，形成了明顯的楚河漢界。縱使外型有些相似，透過顏色還是能輕易區分牠們，烏鴉自然是全身黑亮亮的，一群烏鴉就更是如此；而喜鵲是黑中帶白，在翅膀與腹部皆有白色羽毛。意義上，烏鴉是帶有不祥預兆的喪鳥，喜鵲聽名字便知是吉祥之徵。牠們在各種方面都是水火不容的對頭。唯獨在祂面前，牠們才會暫停尖喙與利爪的對決。

牠們安靜等待，等待祂的指示。

「我的使者們。」祂說，接著就像每場偉大演講都會有的，停頓，這自然是從電影裡學來的，能夠讓聽者更為專注。「都市人已經遺忘了我，那便也是遺忘了太古的形成。開天闢地，彩石補天，他們生活其中卻渾渾噩噩，已然不知神奇之處。你們認為，該怎麼讓他們相信天上雷電自有主宰呢？」

喜鵲搶著說，嘎嘎嘎，天降閃電，用來懲罰不信之人！

烏鴉很快地回嘴，嘎——嘎——虧你們還是人們認爲的吉鳥，思想這麼激進，這樣半座城市的人都要被雷劈死了。

那你們咧，你們除了有用石頭丟入水瓶喝水的小聰明，還能想出什麼好辦法？喜鵲氣得拍起翅膀，瞬間雲所裡羽毛滿天。

嗯哼，要讓人們相信，自然是要先幫助他們呀。烏鴉說得誠懇。

祂採納了烏鴉的建議（烏鴉群一陣興奮且合群地嘎——嘎——完全不像烏合之眾）。

「去吧，去打聽都市人有什麼需求！」

有了任務的群鳥，敬完禮，才一隻隻往渾沌的天色的天空飛去。

據祂的描述，那些烏鴉與喜鵲散落進都會風景裡，在樹縫、陽台、電線桿、屋簷邊緣，甚至是獨居女子的曬衣桿上，緊緊盯著人們的動向，竊聽人們的一言一語。三天後，牠們帶回了消息，消息全指向同一件事情上。

「他們很缺電？你們確定嗎？」祂從紛亂的鳥叫聲中，再次確認了這件事，「好，那事情就簡單了，他們缺電，我就給他們電！」

祂向來性子急，在使者們的領飛下，祂馬上來到正吐出濃濃灰煙的火力發電廠上方。巨型煙囪、塊狀建物，在祂眼裡就跟小孩的積木沒兩樣。

透過燃燒轉化為電力，實在太沒有效率了，祂想。祂的計畫是，直接將閃電打進儲電區，相信夠整座島用上一年。

站好了預備姿勢，周遭空氣像感應到什麼而劇烈轉變，帶有濕度的風頓時吹了起來，雨雲也紛紛聚集而來。祂右手持斧，左手持錐，再三確認雷電欲落的位置，接著深吸一口氣，將手中法器相擊，驚天動地的閃電橫空出現，精準地擊中了閃著紅點的避雷針。那個瞬間，像是算好的，雷聲也同時浩蕩出現。

打中避雷針的，可不是一般閃電，它沒有被轉化掉，反而有意識地順著電的通道，前往儲電區。起初是這樣沒有錯。然而那自然之電威力過大，不是人工電廠得以駕馭的。大量電流宛如無法抵擋的瀑布之水，全往相同地方匯集竄流，在水花濺起最激烈之處，亮起了不自然的光，越來越亮，直到超出負荷，綻放出有如白日的強光。光，只存在了一剎那，接著所有的電都斷了通路。原本繁星般的城市，一瞬間被關上了燈，被拉進原始的暗夜。包括祂。

□

不用說，也知道那個胡來的計畫徹底宣告失敗。

在祂的描述裡，我想起來了，那陣子小學放學回家，每一家電視台都在報導那件事。一道雷故意般地劈向了發電廠，造成全台大停電，必須分區輪流供電的情形長達八小時之久。電廠主體沒有受到損壞、廠內人員也都平安，但是相關電路部分被燒燬，花了整整四十八小時，電廠才恢復正常營運，讓已經有缺電危機的小島，愁上加愁。

計畫失敗就算了，事情還朝更糟的方向發展。有許多民眾向新聞記者供稱，那天晚上非常奇怪，先是住家附近的鳥彷彿提前知道有大事發生，不斷發出刺耳鳴叫，接著原本晴朗的夜空，卻偏偏只在發電廠上方聚集起了烏雲，而擊下來的那道閃電更是不像「一般閃電」，那是蓄意的破壞！

破壞？是誰想破壞？記者追問。

受訪民眾聳聳肩，大概是雷神索爾吧，他說。不只一位民眾這麼說，有的甚至誇大說看見了巨大的雷神之鎚。

在受訪的新聞片段裡，人們以半認真半戲謔的語氣如此訴說，被Youtuber、網路媒體紛紛加工成精華影片及大量哏圖，反覆重播，散播的速度與威力，比筊白筍田裡綠藻的生成還快許多。

那還不是最慘的，祂說，更超出預期的是，在大量吐槽惡搞的哏圖出現後，只要一提到「雷神索爾怒劈發電廠」事件，民眾的情緒從一開始的憤怒，漸漸變成宛如參與了都市傳說般的興奮，而口傳效益還突破了同溫層，連老年人都認識了體格健美的索爾。簡直就是長他人志氣，滅自己威風！

計畫的失敗讓祂心煩不已，特別是在聽取使者們每日帶來的匯報後，祂總忍不住拍桌。細碎跳躍的雷電從祂掌心綻出，很快被吸進雲朵做成的桌子裡，在裡頭響起了微弱的雷鳴。祂起身踱步，使者們紛紛拍翅，移出供祂走動的空間。

現在怎麼辦？鳥語從四面八方傳來。

嘎——嘎——不然我們再去蒐集情報吧？

嘎嘎嘎，那些爛情報根本沒有用，把我們害慘了。

嘎——嘎——嘎——嘎嘎嘎嘎嘎——嘎——嘎嘎嘎。喜鵲和烏鴉又吵了起來，整座雲所都是羽毛與嘎嘎聲。

「你們都先回去吧。」

牠們安靜下來。

「回去吧。」祂又說了一次。

牠們依序從窗口飛出去，沉默地，彷彿剛參加完一場喪禮。大量的黑離開雲所後，真空且擁擠的白將祂緊緊包覆，讓祂成為空間裡唯一的黑，像極了白紙上的一個句點。

□

我想，不能形容一位神灰心喪志，因為神不被允許如此。

只是祂去電影院的次數比往常更多了，甚至一整日都流浪在不同影廳裡，被銀幕投射出的彩光所映照，又明又滅。然而祂幾乎沒有把電影「看進去」，只是讓人物、劇情、對話、音效在眼前流繞而過，像夢一樣，保持著一定距離。

祂身在人間，也覺得人間是遙遠朦朧的夢，人們的臉、話語、表情都不再真實立體，只是放映機投放出的影像。就連那女孩擋在面前，祂也過了好久才發現。

說到這裡，祂停了下來，以十分回味的語氣說，那個女孩眞的超級奇怪的，但是令人沒辦法討厭。我問為什麼？祂聳聳翅膀，可能她不把我當作神的這一點，感覺很新鮮吧。而且哪有人會要一個陌生人請她吃東西的？

沒錯，那女孩在電影院門口看見祂，連打招呼也沒有，直接說：「我肚子餓了，我們去吃東西吧。」

祂們去了專賣潛艇堡的速食店，自然是女孩指定的。女孩熟門熟路，選了喜歡的麵包，配料她不要醃漬物，也不要番茄和青椒，希望店員多給一點大黃瓜，再淋上滿滿的蜂蜜芥末醬。

而祂，只點了濕軟的美式餅乾一片。祂將包裝紙裡的餅乾捏碎，再攤開，一次只拿一塊碎片放入嘴裡。

女孩對於祂這種類似啄食的吃法，感覺很是奇怪，但沒有提出意見，反而說：「我叫霏霏，你叫什麼？」講了妳也不會知道，祂嘀咕。她並不介意對方沒有名字，若無其事繼續說：「你有沒有看到前幾天的新聞，雷神索爾怒劈發電廠？」

這倒讓祂停下動作。

「真是超有魄力的，不知道發電廠到底是哪裡惹到祂喔？」

「我也好想被雷劈到一次看看。我是說真的呦。」

「說不定被劈一次，人生就不一樣了。」

「你看，有一部男主角從老人變回小孩的電影，裡面不是有一位被閃電打到七次的男人嗎？另外一部電影，女主角是因為雷擊才擁有長生不老之身。還有呀，因為通了電，科學怪人東拼西湊的身體才真正活了過來。」

「不覺得電不只是電嗎？裡頭應該有一種足以改變人生或是觸及永恆的能量？」但也有可能只是死翹翹而已。但反正我這樣活著也不害怕死掉了。她小聲補充一句，並瞧了祂一眼。而祂還是沒有回應。

「其實我很怕打雷。」她毫不挫敗地繼續說出這輩子最大的祕密，「你看過玩偶熊會動會講話、還跟男主角很麻吉的那部電影嗎？每次打雷，他們就會一起唱『雷雷歌』，我也會！」她直接在店裡哼唱，不僅是英文版的，還用嘴巴擬聲重現了歌曲最後一定要有的屁聲，刻意裝出一副對閃電嗤之以鼻的屁孩態度。

想了想，祂只是這樣說：「不用擔心，妳不會再聽到雷聲了。」

「怎麼可能？梅雨季就要來了。」

祂沒有回答，繼續吃碎裂的餅乾。

□

你喜歡梅雨季嗎，祂問。沒有喜不喜歡的問題，該來的就是會來，我如此回答。祂讚許地點點頭。故事說到哪裡了？說到梅雨季。

梅雨季來了。每人每日都籠罩在滴滴答答或嘩啦嘩啦的聲響裡，端看降雨大小。然而若聽得仔細些，主旋律外還有許多裝飾音。畢竟水珠在整座城市裡跳來跳去，它可能落在禿子的頭頂、屋頂排水孔的金屬片上，也可能是塌陷的柏油路坑洞、剛築好的鳥巢裡，或是趁著雨天出來浸潤皮膚的青蛙身上。取決於降落地點，發出的聲音也有所不同，那些細微差異都成了雨天的裝飾音。

可惜人們是聽不出來的，祂說。他們對於雨天的認知，永遠停在滴滴答答或嘩啦嘩啦。

縱使如此，縱使人們聽覺如此遲鈍，他們還是後知後覺地發現了一件事。不管花了多少時間。率先發現的，是氣象台的專家們，而這當中，第一個敢將它當作事實報導出來的，是已經播報氣象超過四十年的「氣象將軍」。稱作「將軍」，彷彿風雨雷電、日月星辰都要聽命於他，他說東，雲便不敢往西，如此雷霆萬鈞。但就我小時候對他的觀察，他只是擅長用腹部力氣說話，報起氣象顯得特別鏗鏘有力，有著無法被挑戰的堅定。

從使者們回報的消息得知，這名氣象將軍端詳著氣象圖，他看見了雲系、副熱帶高壓、西南季風、滯留鋒面，卻沒看見應該伴隨而來的閃電。以往狹長型的滯留鋒面會帶來列車般的閃電，可以綿延超過兩千公里。他切換系統畫面，調出閃電觀測資料，完全沒有紀錄。沒有象徵雲間閃電的圓形，也沒有象徵對地閃電的加號，自然也沒有以紅、黃、綠、藍代表不同時間區段的顏色標記。他那時才吃驚地發現，自梅雨季開始後，沒有出現過一道閃電。

這非常不尋常，如同閃電直接劈進發電廠一樣不尋常。雖然雨與閃電不一定是同時出現的關係，畢竟雨是水氣的累積，而閃電是雲朵之間的摩擦反應。然而若整個梅雨季都沒有出現任何一道閃電，實在也很難找到科學理論來解釋。

氣象團隊討論多次，究竟這件事要不要讓民眾知道呢？

晴日、雨天、風速、氣溫、紫外線的預報及觀測，深深影響民眾的工作與生活，甚至是心情，因此這些是民眾最關心的。但沒有人會關心閃電。濕度指標或許還比閃電更引人注意。既然民眾根本不在意，它也沒有報導的價值了吧？

在團隊有所共識、即將拍板定案時，氣象將軍開口了，他認為，氣象台的職責是忠實告知民眾所有的天氣資訊，這些資訊的價值是由民眾判斷的，不是他們，況且沒有閃電真的太不尋常了。

會議室裡一陣沉默，他們在沉默中接納了這個提案。

「整個梅雨季沒有一道閃電。」

那晚，氣象將軍以某種保育類動物滅絕的語氣，報導了這件事。

電視機前的民眾，有的正在吃飯，有的什麼也不想只是躺在沙發上發懶。他們初次聽到這個消息，心裡第一個念頭是：欸，真的耶，好久沒有看到閃電，也沒有聽見打雷。下一個念頭是，沒有便沒有吧，幹嘛這麼凝重？

當然也有實事求是的族群，特別是專門經營科學知識頻道的Youtuber，紛紛以各自的方式來實測，像是連續八小時身穿雨衣站在街頭等待一道閃電或一陣雷聲，如同在迎接外星人的降臨。

這件事被新聞無限渲染後，也越來越多人投入觀測行列。一個人的力量太微薄，但如果整座島上的人都時時監測，總會「撞見」的吧？宛如是全民運動，連平日拿八支手機在蒐集寶可夢的阿伯，也都抬起頭，密切留意天空，期望能用八支手機錄下那個瞬間。大家都想成為第一位看見雷電的人。

「閃電」、「打雷」成為新聞寵兒、網路熱搜關鍵字，祂是知道的，每天都有數百隻使者們拍翅飛來，以高八度的音調報告。

世人終於關注到雷電的存在了！喜鵲說。

我們的聲勢一定可以超越索爾！烏鴉說。

難得使者們意見相同，祂的心卻沒有被激起一絲愉悅的波瀾，因為那並不是祂的本意。祂並不想透過不存在而證明存在或引起注意，祂只是認為，若人們不需要祂，祂應該默默退場。

走至那張連結世間祭祀的神桌，供品越發少了。可能是雨天不便出門的關係，也可能是信仰又更趨凋零。唯獨「乖乖」倒是多了幾包，祂也才知道乖乖還有椰子、五香和草莓口味的。

拿著椰子口味，祂走至雲所的窗邊，從層層烏雲中，眺望模型般的人間。庸庸碌碌的人們，敞開各種圖樣的傘，祂坦承，自己曾經認為，這傘也是祭天的一部分，就像鮮花一樣，供神明觀賞。不過，當然不是。

十字路口處，紅綠燈所造就的人流消長，如一日，也如千年。人們歷經的千年，在祂眼裡彷彿是逐格動畫，只是一個眨眼的速度，人類就從農業時代進步到工業時代。更不用說網路時代，任何事物都是快速崛起也快速隕落，快到連眨眼都來不及。

祂相信，很快的，梅雨季一結束，他們便會全然遺忘雷電這件事。然後再過個幾年，沒有雷電的梅雨季就會成為日常，彷若從太古時期就是如此。

□

對了，忘了問你要不要喝咖啡？或是要來一包乖乖嗎？祂問。我才發現自己以無法再更拘謹的拘謹姿勢，端坐了好一會，腰和脖子都有些發痠。好呀，如果不麻煩的話，我說。謝謝，我又說。

祂將咖啡拿來，等我喝了一口，才問：怎麼樣，以人類的標準來說，好喝嗎？你當然不能對一位神說祂泡的咖啡不好喝，何況還是掌管雷電的神，但好在，祂泡的咖啡是真的好喝，我才可以毫無顧忌地說：很好喝。

故事回到梅雨季。沒有雷電的梅雨季，好像特別地長。

城市的人們穿上了防水的薄風衣，在沒有太陽的日子裡，抵擋陰雨的寒冷。他們縮緊脖子、拉高領子，一手拿雨傘，另一手握熱咖啡。

討厭喝咖啡的祂，也買了一杯，像鄉下人試圖學習雅痞這個詞彙。祂喜歡咖啡果，在樹上由綠轉紅的時候，吃起來十分清甜。於是祂不懂，人類怎麼會想到要將咖啡果摘下，用日曬或水洗除去層層的果肉與外皮，再烘焙成不同程度的豆子，磨粉，冰滴或注入熱水，做出一杯可酸可苦的咖啡。如此複雜。

不過，複雜也是人類的優點，願意創造複雜、克服複雜，才造就了電影。

祂又來到電影院。自從梅雨季不打雷不閃電，祂的閒暇時間就更多了。祂在等入場，還有三十分鐘，祂的廳才會有人離場，然後由另一批人補滿。在電影院有落地窗的角落，祂看著好不容易被玻璃接住的水滴，伸出手拉住旁邊同伴，變成了大一點的水滴，但也不過只有一顆咖啡豆那麼大。它們不斷彼此連線，似乎在玩先抵達地面就獲勝的遊戲。

一旁等待的情侶，也觀望著窗外雨勢。好像真的都沒有打雷閃電耶，女生說。男生聳聳肩，這樣也好呀，免得妳每次都嚇得半死。女生連忙否認自己有那麼膽小，彼此打鬧著又緊摟在一起。

這樣也好呀。當時祂在心裡將那句話又重複了一遍。

電子鐘上的時間，只過了十分鐘。祂開始有些不耐。還是買個爆米花好了，祂已經許久沒吃。

當祂走往販賣部的中途，整座電影院的燈光突然都熄了。在一片漆暗中，只有緊急逃生口的綠燈瞬地亮起。大家先是一陣低語，怎麼了？停電了？是不是又缺電了？

遠遠的，有工作人員大喊，請留在原地不要慌張，影廳正在確認停電原因，請大家配合。

窗戶旁的那對情侶輕聲一呼，看，連對面大樓都停電了。不只如此，車流繁雜的十字路口也失去了紅綠燈，車輛們小心翼翼確認彼此動向，都是踩了油門又接著踩煞車，走走停停。女生提議先離開影院，彷彿感知到什麼。男生試圖安撫她，但她十分堅持，直接往樓梯間走去。

於是她沒有看到，其中一個路口撞來一台失控的大貨車，將鄰近紅綠燈的車輛都撞離原本路線。當目擊者們驚慌而呆愣時，火勢從貨車底盤竄出，伴隨些微爆裂聲。黑暗是不安的助燃劑，不安越燒越旺，在昏暗中閃著不友善的火光，慢慢地也蔓延進影廳裡。十分鐘過去，影廳依舊沒有亮燈，空氣也逐漸從冷氣的涼變為窒息的悶，工作人員抑制不住民眾想要離開的情緒，開始引導他們往出口疏散。

縱使祂在現場，祂也無法清楚描述事情是怎麼發生的。起初大家打開手機的手電筒功能，像是報名山洞探險行程的遊客，慢慢魚貫而出。後來不知道是誰先大叫一聲，弄得人群腳步變快變亂，最後宛如山洞後頭有迅猛龍在追趕，紛紛倉皇奔跑。

祂喚出了自己的翅膀，形成隱形結界，便隨著人潮流進樓梯間，再被沖刷出一樓。一樓外頭大雨磅礴，人們的驚恐都被包覆在雨水中，無法被傾聽。唯有車禍現場閃爍的警示燈，成為求救的暗號。

祂看著十字路口，再回望電影院，覺得眼前似曾相識，可能是某部票房極好的災難電影。這時候會有主角，一位英雄，或是一個轉機，讓一切都安定下來。祂等待。是他嗎？拉著大門，大喊著小心慢慢來的影廳主管。還是她，貌似冷靜沉著的女科學家，一眼洞悉災難形成的原因，用她的智慧解決所有問題。還是……

祂看見了她。

出乎預料又理所當然。祂看見了霏霏，腳步蹣跚地往外頭走來。祂走上去，甚至還沒說嗨，她已經倒在地板上，不斷抽搐。

癲癇，這肯定就是她說的癲癇。

祂擁她在懷裡，看見她抽搐、四肢僵直、眼珠轉呀轉個不停，嘴角像螃蟹慢慢流出白色泡沫。

「這種狀態大概會持續五分鐘，時間一到，自己就會好了。可是如果超過那個時間，就會變得非常危險。」

她是這樣說的吧？祂等，等五分鐘，五分鐘而已，很快的。祂盡量不去想，她曾經說過癲癇發作會像被電到且被拉上岸的魚。是很像，但沒事的，會沒事的。

不對，超過了，已經七分鐘了，怎麼還沒恢復正常？

祂環顧四周，人們還在驚慌，根本沒有人留意這裡有人癲癇發作。祂已經預想到，這場混亂會殺死她。

彷彿是在回應神的預想，她的心跳與呼吸慢慢變得虛弱，比蚯蚓在土壤裡爬動還不明顯。甚至變得快像那些死在筊白筍田旁邊的麻雀，可以驅動身體的某個什麼，正緩緩離開。

「癲癇是大腦裡有不正常的放電現象。」記憶裡的霏霏如此說。

放電。

祂將手放在女孩被雨淋濕的額頭上，溫柔喚來存在周圍空氣、用來穩定世間的最小單位的電。那些微弱之電，以人眼看不見的扭動且閃爍的姿態，聚集至祂的手掌與她的額頭貼合處。祂記得發電廠的教訓，於是以既深且長的吸氣，控制呼喚電能的速度，而不是直接雷擊她。

但她或許想被雷擊試試看？

講到這裡，祂笑了。我知道，現在的祂可以這麼輕鬆，更反襯當時情況的嚴峻。

在祂的努力下，空氣裡的電漚順地進入她體內，試圖調節大腦的不正常放電現象。

人也是大自然的一部分，那便要聽祂的，祂想。至少聽這一次吧。就算她從來不相信祂是位神，也無妨。祂之前都想錯了，神要做的，從來不是讓更多人去相信祂、信仰祂。神要做的，是以自身之力，真切地去守護去救助。縱使只有一人。

祂抱著霏霏柔軟脆弱的血肉之軀，明白了這些，但她遲遲沒有醒來。

難怪人們不再需要祂。除了雷電之力，祂什麼也無法施展。有這種毫無用處的神嗎！

祂的悲憤，化作了閃電，閃在千里之外，成為梅雨季以來的第一道閃電，還伴隨著悶沉的雷聲。這個山雨欲來的前奏，沒有人發現。雷與電彼此相交，從遠方落下，落在群山的山頂，落在隱密的湖泊，落在無人的稻田，也落在湍急的河流，不斷朝城市逼近。

閃電來了。暗日瞬間天明。幾秒鐘後，雷聲也來了。那閃爍不盡的光亮，那轟隆不停的巨雷，讓現場所有人都緩緩停下動作，側耳傾聽那越來越近的信號，是不是錯覺。

閃電。鳴雷。閃電。鳴雷。

他們已經聽出來了，電影主題曲最磅礴的一段，就要來臨。他們抬頭，仰望層層疊加的厚重烏雲，等待最近的閃電從中現身。

電光一閃，人們的臉龐都被照亮。而緊接著的雷聲，迴盪在高樓之間，宛如在山頭間玩著回音遊戲，聲音之大之深厚，能將整座城市的人驚醒，甚至在他們的耳道與記憶裡都殘留隆隆回音。

如同暗夜裡的驚蟄，雷電就在祂與她的咫尺上頭。

都醒來吧，那些沉睡於土壤之下的小蟲，以纖毛般細緻的前腳，撥弄著土粒，亟欲要在黑暗中挖掘出光明。都醒來吧，那些不願從夢境裡醒來的人們，睜眼拉開了棉被，極好的休息令他們重新接納「明日」一詞。都醒來吧，那些要在春日萌芽的種子，突破了堅硬外殼，伸出探尋陽光的嫩芽。都醒來吧，那些從自身生命裡驚醒的生命，切實感受到此時此刻的自己還活著，同世間萬物一起活著。

被壯闊聲光喚醒的，還有祂凝視的女孩。

「我是不是……差點就死掉了？」這句話她分了兩次才說完。她的眼睛還無法精準對焦，如同還在猶豫要用現實之眼還是夢境之眼來視物。

「嗯。」

「祢有辦法救死掉的人嗎？」

「沒辦法，我只能叫醒沉睡的生物。」

她點點頭，這個答案似乎更讓她滿意。

「這個天氣，讓我想起一部電影。」她說，「那是一部很老的片子了，一九九五年，我還沒有出生。一位銀行家因為冤案入獄，他在獄中交朋友、弄圖書館，也幫壞人做假帳。他用一把很小很小的錐子，比祢手上拿的這把還小，挖了一個地道，逃了出去……」

她的話語像閃電在祂心裡亮起，祂知道她說的是哪一部電影，那是祂最鍾愛的。

「可是我一直在想，他已經夠可憐了，為什麼電影還要這樣拍呢？拍他整個人浸在臭水溝裡，走出來後，外頭雨下得好大好大，就像現在，還有雷電交加，也像現在。為什麼，他走出來看見的，不是星光閃爍的夜空呢？而是這種悽慘的雷雨呢？」

「現在我好像知道了。對於走出牢籠的人來說，那是最完美的天氣。」她的眼睛終於對焦了，讓她的視線突破了所有無形之牆，突破夢境的，也突破神話的。她將手輕放在祂的鳥嘴上。

「我也知道祢是誰了。」

她喚出了祂的真名。

□

或許太過感性讓祂覺得彆扭，很慢地祂才開口，承認那一刻對祂來說，人間終於又有了重量，讓祂想起祂之所以存在的原因。

那為什麼你要回到村子來呢？我問。你怎麼跟霏霏問的一樣，祂吃了幾口乖乖，你繼續聽嘛，故事還沒完。

祂決定回到有筊白筍的村子裡，在那場混亂的停電風波、數十年難得一見的豪大雷雨之後。但祂這次的歸返，並不是帶著挫敗心情，而是趨近於誓言的領悟。

霏霏對於祂要離開這事感到非常不開心。「為什麼？因為都市裡沒有人認識祢、相信祢嗎？」她問。

祂解釋，那些已經不重要，祂要做的事情更為重要。

「不能看電影、只能待在老老的村子裡，這有什麼好重要的？」

祂發覺自己很難向只在世間存在十多個四季的任性孩子說明，說明祂要顧守的，不只是筊白筍田、雙手發抖的農夫，還有盤古開天闢地之時就存在的「篤信」。

那份篤信是，人們相信天上有神，神會護佑世人。縱使人們對神的信仰逐漸瓦解，神要做的，還是只有護佑而已。祂要回應那份篤信，縱使篤信終有一日會消失，祂也要親眼見證，不帶任何傷感。

霏霏還是不能接受。約好了要一起看最後一場電影，她卻沒有出現。電影結束後，祂才在外頭看見她。一見著，她又說：「帶祢去一個地方。」

一神一人坐上捷運，在地底穿梭。祂想，土壤裡的蟲子若是同樣建造了捷運，牠們便不用冬眠，也更不需要祂了吧。這個念頭並不讓祂悲傷。從地下回到地上，祂們走進狹小巷弄。到底要去哪，祂問了幾次，她不肯回答。好幾個轉彎後，來到一間小廟，感覺既陌生又熟悉。

好一會，祂才認出廟裡供奉的神像，是祂。祂完全不知道，都市裡有這麼一間主祀祂的小廟。裡頭每一樣物品都讓祂開心，匾額、鮮花、浮雕，還有神桌，上頭已擺放了四包乖乖。

啊，原來如此。祂終於知道，雲所神桌上總會出現的乖乖從何而來。

祂想問，是誰，這座城市裡有誰相信祂？

已在外頭持香敬拜許久的兩名男子，剛好走進來。年紀看起來較長的，再次恭敬地合掌拜了拜，取走一包乖乖，拿去過了香爐。年輕的問，前輩這是什麼意思？這我們科技業不能說的祕密啦，聽隔壁科室說這裡很靈驗，只要把過了香爐的乖乖放在機器上，無論什麼機器都會乖乖聽話了！哎，有拜有保佑！你也不想又遇到機器突然斷電的情況吧……前輩話沒說完，年輕男子馬上也拿了一包乖乖去過香爐。

「這下子，祢偶爾也要回來了，對嗎？畢竟這裡也有相信祢的人了。」霏霏說，很是得意。

祂不知道自己為什麼忍不住要笑，再笑下去，可能會笑出眼淚。

「祢連笑聲都聽起來像是打雷，還好我現在不怕了。」她又說。

□

故事結束。祂宣布。

對於結尾停在這裡，我倒是感覺一頭霧水。不過，我也是一頭霧水地被請來了雲所。這裡，是祂回到村子後新蓋的雲所，選在一棵百年芒果樹上，用的是盆地清晨常出現的霧雲。當然這些都是祂告訴我的。

祂也買了ＤＶＤ播放器和投影機，還有許許多多老電影的碟片。祂將那些老電影投放在雲所一處最平整的雲牆上，或許因為如此，影像顯得格外朦朧。回顧人類歷史似的，片子的年代離此刻越來越久遠，色彩也變得越來越淡薄，直至畫面只剩全然的黑白而已。

請問，為什麼是我呢？

我覺得我應該有資格問這個問題，在聽完故事之後。我不像霏霏那麼特別、那麼有個性，我只是一個普通大學生，在城市裡毫無方向，打算回家鄉找工作，卻被母親強迫種起了筊白筍。偶然路過這間廟，想起阿公生前喜歡在這裡泡茶聊天，因而雙手合十拜了拜。睜開眼時，就看見幻化成一般人模樣的祂，站在芒果樹下，笑笑看我。

「你知道這間廟拜的是誰嗎？」祂問。

「當然知道呀！」我說，心裡甚至覺得這是什麼瞧不起人的問題，「拜的是雷公嘛！」

下一秒，我就在這裡，在祂的雲所，喝咖啡。

對於我的問題，祂沒有回答，只是入迷望著投放出來的黑白電影。

黑白，是多麼美好的顏色呀，祂說。像祂和雲所，像光和影，也像閃電與夜空。讓祂對人間也有了一種篤信。篤信生生滅滅的人間，亦有永恆的存在。

神的話大概都是很難參透的吧。

沒關係，我只是想告訴你，下次你看見一身黑衣的男子，臉型有點尖，身邊常有烏鴉和喜鵲飛來飛去，特別喜歡跟你聊畫面裡出現打雷閃電的電影，你可能就要懷疑祂的真實身分了。

沒錯，祂真的在人間，至今都在。相信未來也是。

〈神在人間〉完

島嶼上的神祇——雷神

亦稱作雷公，常與電母一同供奉。其外型半人半鳥，有鳥嘴，有翅膀，手拿尖錐與斧頭，相擊能產生雷電。早期多受到農民敬拜，祈求風調雨順、農作豐收，如今亦成為與電力息息相關的科技產業的守護神，可以從中看見時代變遷與信仰轉變。全台主祀雷公廟宇極少，北有新北永和霹靂宮，南有南投埔里天雷宮、彰化溪湖震福宮。

謝禮

進堂公的每一日，都是從開廟門開始的。

他從那串可以開啟無數空間的沉甸甸鑰匙中，挑出了屬於廟門的那把，以縱使閉上眼也不會失誤的精準，完美嵌合了鑰與孔，百年廟門隨之敞開。廟門被打開的瞬間，形成了風的通道，外頭的風暢流進來，並將夜晚的暗濁氣息交換出去，讓整座廟流動著最新鮮的空氣。

開好廟門，他點了香，走起每日相同的祭拜路線。先是走至拜亭的天公爐前，朝天對天公敬拜，三次彎腰敬禮，插上三炷香，再返回廟內依序敬拜主神風神爺、陪祀神雷公電母等神尊，並於每座香爐插上一炷香，方才完成上香儀式。裊裊上升的香煙，在他眼裡，似乎正在緩緩喚醒清晨的廟宇，而香的沉靜氣味，亦讓他感覺安心。

在如此寧靜的時刻，他想到這樣的日子竟有數十年之久，實在沒有真實感，另一件讓他越發沒有真實感的，便是他即將退休。

仔細算一算，進堂公擔任廟公，已有六十餘年。打年少進了廟，他一直住在廟宇偏房，幾乎可說是一年三百六十五天、一天二十四小時都在廟裡。若不是前幾年在附近買了間矮房，方便休假使用，他大概還是過著寸步不離廟的生活。這也是為什麼信徒在他名字後頭，尊敬地加了一個「公」字。沒有人的服務年資與時數比得上進堂公，就算是歷代侍奉風神廟的謝家人。

或許正因為如此，退休，對進堂公來說，是模糊又迷茫的詞彙。他不知道退休之後，日子會長什麼樣子。就算年逾古稀，他仍舊害怕未知。也許，就是這個年紀才害怕未知吧，因為已經沒有年少那般的氣力來應對，他想。

為了抵擋隱隱的不安，他泡了一壺茶，坐在正殿前的拜亭休息。這日，處暑，天氣炎熱，沒什麼香客。他躺在那張古董藤椅上，閉眼搧著涼扇，如往日一般。

遠遠的，進堂公聽見有人喊他，一名年輕人就這樣被領到面前。進堂公從那年輕人的眉眼，就可以看出他的百般不願意。領他來的，是謝家第四代已婚嫁的大姊，而年輕人是家裡年紀最小的弟弟，阿天。

說起阿天，進堂公想起來了。阿天就是那個自小便極其搗蛋的孩子，來廟裡沒幾次，但每每都能把廟弄得天翻地覆。像那次，阿天母親帶著阿天來拜拜，臨走前驚覺脖子上的珍珠項鍊不見了！那項鍊可是她最珍愛的，且要價不斐。眾人在廟裡好找一番，正打算報警，才發現項鍊被掛在了電母神尊的身上，那正是十歲的阿天的傑作。

項鍊呢，掛上去自然是不好再拿下來，遂變成供奉給電母的禮物，阿天母親也沒辦法生氣。

但另外一次，阿天就惹得父親大發雷霆。小孩子鬼主意多，阿天竟偷偷把風神爺面前的水神火神左右調換了位置！來拜拜的香客沒察覺，卻被剛踏進主殿的進堂公一眼就發現。阿天少不了被父親一頓毒打，還被罰跪在神桌前整整一小時。

那次神像換位事件後，進堂公就沒怎麼再見過阿天。如今眼前的阿天已經大學畢業，但那屁孩神情卻同小時候如出一轍。

「什麼風把你們吹來啦？」許久不見謝家後輩，進堂公瞇起眼，些許含笑，說起了自己最愛的問候語，彷似人的來與不來，都與風神爺相關。

「哎呀進堂公，有件麻煩事要請您幫忙，這件事也唯有您可以幫忙了。」大姊說這話時有些不好意思，先遞上了一籃水果。她說，阿天大學畢業後，每天玩電動、混日子，家裡人看不下去，決定把他安排在廟裡，學習如何侍奉神明，直到他想清楚未來出路為止。

「我阿爸說，這廟的事，就屬您最清楚，一定要在您退休前，讓阿天跟著您好好學習。不管是掃地、奉茶、跑腿，您要他做什麼，盡量吩咐，千萬不要客氣。阿爸說了，待他進香回來，定要好好謝謝您。」

進堂公揮揮手，強調這是分內之事，沒有好謝不謝的。

這時一直保持沉默的阿天，啐了一句：「我才不想待在廟裡咧。」

「那你去找工作呀，去不去？阿爸是不會再給你生活費了。」

阿天撇過頭，晃到一旁，用夾腳拖去磨地磚上頭的污漬。

「其實呀，」大姊見阿天不在聽得到的範圍內，壓低聲說：「他跟阿爸大吵一架，就是為了風神爺呢。阿天說，又沒有科學方法可以證明風神爺的存在，還每天守在廟裡，真像傻子呢。」

進堂公一時也不知該如何回應。但這小子敢對他阿爸提出這種質疑，膽子還真不小。

「所以我們想呀，就讓他來廟裡，或許他就明白了。不好意思呀，進堂公都要退休了，還這麼麻煩您。」大姊面露歉意。進堂公再次表示，謝家的事，就是他的事，義不容辭。她聽了才真正放心，接著問：「退休後，您有什麼打算嗎？」

他自己心裡也沒譜，於是對外一律閃爍其詞。老樣子，不是在廟裡，就是在矮房囉。大姊點點頭，似乎也同意了，進堂公年紀七十好幾，還盼望什麼第二人生嗎？他們又寒暄了一會，大姊轉過頭對阿天交代了幾句，才離開。

夏日的艷陽，將世間的明暗曬得清清楚楚，在橘紅地磚上形成了明顯的光的界線。此時沒有風，每寸皮膚上都黏著煩躁。

拜亭內，進堂公看著阿天，阿天仍盯著地磚污漬。

「既然你這麼在意那塊污漬，去拿拖把來拖一拖，也可以讓廟裡降降溫。」

阿天沒有回應。晚了幾秒，阿天才又小聲地問，拖把放哪裡？進堂公指了位置，哪裡有拖把有桶子，哪裡可以提水。阿天因為不甘願而顯得僵硬的背影，在進堂公看來，已經能預知日子可有得磨了呢。

□

說起來，廟公的工作究竟有什麼呢？

每每有人問起這個問題，進堂公必能如數家珍地回答。最基本的，早晚開關廟門，早上六點半開，晚上九點關，晚一分早一分都不行。趁著清晨人少，從清掃開始，神龕神桌，香爐花瓶，地板樑柱，內外廟埕，無不要整潔乾淨。信徒來了，要導覽，要解籤，要收香油錢，要售平安符。每逢重大節慶，自家祭祀活動的籌辦，宮廟來訪與進香的接洽，也必須耗力安排。在這所有工作的縫隙之間，還包含定時巡視神殿內外，確保一切無異樣。

廟公要服侍的不只是神明，與廟宇相關的種種人事物，都是他的職責。因此若要成為一名廟公，不僅要三頭六臂，還須八面玲瓏。

進堂公料理廟務的功夫，是打年少在謝太公身邊學習來的。謝太公當時為謝家大家長，所有廟務皆一手包辦，可謂是謝家的頂天樑。進堂公進廟後，受到謝太公賞識，親自教著他做，時日已久，事務也能慢慢交付他來處理。他沒辜負謝太公的期望，事事周全。

然而風神廟香火鼎盛，廟務日趨繁瑣，於是劃設了組織。進堂公還是廟公，阿天父親則是現任總幹事，來負責核心事務的處理。有了組織，有了總幹事，又陸續招聘一些志工，進堂公身上的擔子才稍微鬆緩了些。

但現在看來，接下來的日子也沒辦法鬆緩了。

進堂公昨日叮囑阿天早上六點半一同開廟門，現在已接近巳時，人還未出現。巳時末，阿天終於來了，頂著剛睡醒的亂髮，踩著夾腳拖，招呼也沒打，就愣愣地來到進堂公面前。

「我們約六點半，現在十一點了。」

「我起不來。」

「吃早餐了沒？」

阿天搖搖頭。

「早餐喜歡吃什麼？」

「牛肉湯。」

「只要你六點半準時到，我就請你喝牛肉湯。」

「明天嗎？」

「每天。」

阿天先是驚訝，但很快地答應了，畢竟每天都有免費的牛肉湯喝，哪有不答應的道理。

有了共識，進堂公吩咐阿天擦拭供桌，先用小刷子拂去灰塵，再用濕抹布抹去髒污，最後以乾抹布拭去水漬，接下來的燈台、燭台、花瓶也都如此。方才說的這些，大大小小，上上下下，若全部清潔一遍，少說也要一小時。沒想才十五分鐘，阿天就說擦好了。

進堂公放下剛泡好欲飲的茶，隨阿天去看。他拿起其中一只花瓶，正面是擦乾淨了，背面卻有薄灰。燭台呢，本身雖然乾淨，座台一拿起，桌面還是留有一圈灰塵印記。他又摸了摸供桌，正中央是光可鑑人，桌角就……

「我都有擦呀！有擦就可以了吧！」阿天紅著臉反駁。

進堂公沒有說話，安靜地把這些又仔仔細細擦拭一遍，做完後他說：「這樣才叫擦。」

「又沒人會看見。」阿天說。

「神明會看見。」

阿天順著進堂公的視線，朝神案望去，與風神爺的凜凜目光相對，低聲說：「也不知道是不是真的有神存在……」

「做事就是要做好，那是對自己、對這件事負責。還是要有人盯著你呢？」他說。

無話好反駁，阿天乖順地繼續擦拭桌案，直到實在受不了那嚴峻目光，才說：「我會好好擦，拜託你不要站在這裡啦。」

他留下阿天，回到最愛的藤椅上，喝起方才的茶。

孩子就是孩子，他想。他也曾是孩子，走投無路地在府城四處遊蕩。他還清楚記得，自己當年是倒在廟埕何處被謝太公發現的。

這座風神廟，建廟近三百年，座落在府城五條港之一的南河港旁，成為清朝年間朝廷官員乘船上下岸的必經之處。後來廟前又興建一座接官亭，接待迎來送往的官員，號稱當時的台灣之門。如今南河港早已不復見，但風神廟與接官亭保留了下來。

當年，他就是躺在接官亭旁，躺在百年前陸地與河岸的分界上，失去了意識。每次回想這件事，他都覺得驚心。若喚起他的不是謝太公，或是他躺的地方不是風神廟境，他的人生又會如何呢？

阿天擦好了供桌，他又派阿天清掃廟裡廟外的落葉。阿天是聰明的，只說了一遍，那謹慎之心就被提撥出來，連牆角邊緣的破碎枯葉都不放過。

果然，所有孩子需要的都是機會。他不僅從阿天身上照見了自己，亦追憶起對他有再造之恩的謝太公。如果能夠的話，多年前謝太公給他的，他也會盡可能給予阿天。他希望阿天能在廟裡找到安身之地，同他一般。

□

有了牛肉湯的激勵，阿天果然準時六點半出現在廟前。他們一起打開廟門，而後，按照例行事項，從清潔供桌與擺設開始。

阿天忍不住埋怨：「昨天不是才擦過嗎？又要擦？」

「你自己摸摸看。」

阿天一摸，指尖累積了一層薄灰，只好認命拿抹布來。

進堂公轉身前，又叮囑：「早點整理完，九點會有學生來參觀。」

「學生？學生來這裡幹嘛？這裡有什麼好參觀的？」進堂公沒有回答，阿天得不到回應，只能自言自語，嘮叨著，「誰要負責接待呀？我這麼忙，我才不要喔。」

很快地，九點還不到，廟外已經聚集十幾位師生，而負責接待導覽的，便是進堂公。

為廟宇講解，進堂公自有一套方法。他將學生領到廟埕最邊緣，從地上的波浪形地磚開始說起，說起這裡曾是府城的河道，來往著朝廷官員與貿易商，歷經洶湧海勢，平安於此處上岸後，迎接他們的就是風神廟。他在前，學生在後，一起循著波浪地磚穿越接官亭，再直直走進主殿，來到主神面前。

廟裡的多尊風神爺，就屬後頭那尊身形最大。祂面容黝黑、臉蓄長鬚，頭上的金冠有珠寶、紅絨球，最頂端左右側各寫有日與月。祂左手拿風葫蘆，右手拿玉如意，象徵風能如意合宜、適時吹拂。如同風時強時弱，風神爺的神像亦有寬嚴兼具的氣勢。

「你們覺得那些渡海上岸的人，看到風神爺會有什麼感覺？」

眾人凝視著風神爺，廟裡的靜，有一種時光悠遠的美。重新走了一次百年路徑的學生，內心的感動促使他們回答熱烈，紛紛都說受到風神庇佑感覺很安心。

「早期航海，最重要的就是風勢。風神爺坐鎮於此，不只庇佑往返旅人的安全，也是安撫他們的不安與恐懼。」進堂公停頓一下接著說，「風神爺掌管的不只是風，還有自然天候，所以陪祀的還有火神、水神、雷公、電母。」

自然之神，最為神祕，如何將沒有形體的自然元素以人格化呈現，必是融入了前人許多的想像與崇敬。

這也是讓學生最感好奇的一部分，他們在廟裡對著神像「評頭論足」。哇，原來雷公有鳥嘴！哇，電母身上還有珍珠項鍊咧！雖然有點失禮，但他們的衝擊感就如同是看見了西方奇幻文學裡的獨角獸、精靈、矮人那般，未曾料想台灣傳統神祇的世界也一樣精彩。

能夠引起世人的興趣，那都是好的吧。進堂公是如此認為的，每次他的導覽也是以這樣的心情。為了讓人們深深記得，他的介紹編排進很多趣聞與歷史，像是這裡自古就是祈雨的官廟，讓它在打壓在地信仰的日治時期仍以官廟頭銜被保留下來；另外，廟宇原為規模龐大的四進建築，因為配合都市計畫開拓道路，最終只留第一進。

至於那個被燻黑的不起眼匾額，竟是從日治時期就存在的文物，由信徒捐贈，上頭寫的「和以被物」，便是感謝風神爺的恩澤如微風，被覆在萬事萬物上。又像是，廟裡原有一尊祭拜台灣知府蔣元樞的神像，多年前遭竊，至今依然不知下落。他一個故事接著一個故事地講，彷似故事多到永遠也說不盡。

深深被他吸引的，不只是學生，阿天也是。原本正在掃地的阿天，在整場導覽裡，都忘了手中有掃把，只是拿著並呆站在那聆聽。即使學生都走光了，阿天仍遲遲沒有回魂，整日都在皺眉思索。

到了傍晚，進堂公忍不住問：「你安怎？」

「你……知道這間廟的所有事情？」阿天下一秒指著樑上壁畫，「那幅畫是什麼故事，你也知道嗎？」

「那是『茂叔觀蓮』呀。」那壁畫，顏色已有些淡薄，但仍看得出一名身著古代服裝的男子，正在欣賞池中蓮花。「茂叔，就是周敦頤，他寫了《愛蓮說》，說蓮花出淤泥而不染、濯清漣而不妖。」

「那這幅呢？」在畫裡，仙人朝女子丟出了法器。

「『收石磯』，這個故事可長了。簡單來說，哪吒不小心射死了石磯娘娘的愛徒，石磯娘娘想報仇，而太乙真人為了保護哪吒，反過來收服了她。」於是那仙人是太乙真人，女子是石磯娘娘，至於太乙真人為何如此袒護哪吒，是因為日後哪吒將幫助姜子牙伐紂封神，事關天機。

阿天見什麼問題也難不倒他，反而不服氣起來，「你怎麼都知道？」

「這是廟公分內的事情。」

「但我聽阿姑們說，你沒辦法持風神爺的手轎。手轎在你手上，一動也不動。」

當年親眼見過手轎事件的人，到現在都還十分難忘。手轎是一種宛如小椅凳的小型輦轎，上頭放置的可能是神像或象徵神明的符紙，待神明降在神轎上，由一至二人持著它，任由它震動、寫字、敲案，從中接收神明旨意。

那年進堂公入廟已滿十年，謝太公命他作轎手，誰知他手扶在那一小時，神轎遲遲沒有動靜，一換人，神轎便動了起來。多此反覆驗證，屢試不爽，後來他就不曾再持過手轎。

他驚訝這麼多年後，手轎事件還會被提起，被一個後生小輩。讓他被迫回到那個記憶的當下，再次感受被眾人觀看質疑的赤裸，以及手轎一動也不動的尷尬。但那些痛苦都比不上，他強迫自己極力避免去猜想謝太公心裡有多失望。

「是不會動。」他坦承。

阿天沉默了一會，「那你見過風神爺顯靈嗎？」

被這麼一問，彷彿進堂公年少的疑問，跨越時空又反彈回來。縱使是現在，偶爾也會聽見旁人的閒語，雖然毫無惡意。閒語總是這樣開頭的：「說到進堂公喔，什麼都好，就是奇怪，怎麼會從未見過風神爺的神蹟？廟公不是與神明最親近的嗎？」

「可能命中無這個福氣吧。」最後以這句話結尾。

「進堂公，你有沒有見過風神爺顯靈？」阿天又問，將他從回想中喚出。

他搖搖頭。

「從來沒有？那有夢過祂嗎？」

他又搖頭。

「你有跟風神爺求過什麼然後被應允的嗎？」

他張了嘴卻說不了，他這輩子只向風神爺祈求過一個願望，但沒有實現……

見了他的反應，阿天這幾日在廟裡建立起的什麼，正慢慢剝落。

「這樣不是很奇怪嗎？在廟裡服務六十多年，卻從來沒有經歷過神蹟，那要怎麼相信祂真的存在？還願意為祂做這麼多事？」

阿天的眼睛存在兩種情緒，一種是彷似見到傻人的懷疑，另外一種，是渴望被說服的迫切，好像被說服了，阿天才有日復一日繼續祀奉風神爺的力氣。

「你呢？你信不信風神爺？」他反問。

「我不知道。我不像阿爸能夠感應神明。」

「那你可以問你阿爸。」

「他說想這種事情是對神明的大不敬，還罵了我一頓。但是，為什麼不能問呢？若是真的，怎麼怕人問？」阿天又說，「還是那些都是假的？手轎是假的、降駕是假的，都是人在裝神弄鬼，只是為了讓廟經營下去？」

「都是為了那些香油錢……？」阿天說到後來，聲音漸漸小了。

此時的風神廟，只有他與阿天。他感知到此時此刻的重要性，若他說錯了什麼，阿天可能就再也無法對風神爺生出信心。那他自己呢？他對風神爺有信心嗎？他年少時向謝太公提出的疑問，有了答案嗎？

他內心一時也無語，只是盡可能以溫和語氣如此說：「當然不是。阿天，這話不能隨便亂說。」

阿天沒有因此受到安撫，反而有所看清，「進堂公你從來沒有感應過神，卻把一生都奉獻給這間廟。沒看過這麼傻的人。」

傍晚時刻，日光消逝得極快，來不及為所有疑問解答。街道傳來吃食的香氣，可能是炒羊肉，也可能是沙鍋魚頭，預告即將來臨的低垂夜幕。

他被阿天這番話所觸動，遲遲不語。等不到回應，阿天就這麼離開了。

□

為什麼自己無法回答阿天的問題？這個疑問懸在進堂公的心裡。

阿天的話語，一層層剝掉歲月積累的厚度，讓他不斷回望，回望許多年前還年少的下午，日頭熾熱，光與影都異常鮮明，而背景音樂是無盡的唧唧蟬鳴。謝太公躺在同一張藤椅上，閉眼休憩。他無事可做，便幫謝太公泡茶搧風。那搧起的風，一陣一陣，腦袋裡不斷轉繞的思緒也是時有時無。廟裡沒有人，唯有他與謝太公，寧靜得宛如世上本來就只有他們。

他想，沒有比這個時候更適合了，便問，「謝太公，風神爺真的存在嗎？祂真的會看顧世人嗎？」他問得十分小聲，怕被人聽見似的。

謝太公連眼睛都沒張，說，「當然是真的呀。」

「但我什麼都感應不到，怎麼知道祂是真的？」

謝太公笑了笑，「信則靈，不信則不靈。」

他回頭望了望神殿，「那為什麼我都感應不到呢？我是不是沒有資格做廟公？」

這個問題已經困擾他許久，自十六歲入廟來，他服侍了風神爺十幾年，每件事無不真心真意、妥妥當當，卻從未親身經驗任何神蹟。

先不論世上總是會有一些「天選之人」，有特殊體質能看見鬼神，有特殊使命會被神明附體。屏除那些，再平凡的人無論八字輕重或虔誠與否，來廟宇走動多少也會有類似經驗，像是：持香敬拜時感覺身體暖暖的、能夠擲出三個聖筊、求到一支說中心事的神籤、因為感應到什麼而流下無法解釋的眼淚、夜裡有神明入夢、心中所求真正實現。

那些能夠感受到神明真切存在的經驗，他在廟裡看多了。可是那些可能性、那些小小神蹟，卻從來沒有在他身上發生過。好像有一層無形結界包覆著他，讓他無法領收到神明的意旨或祝福，徹頭徹尾與神明絕緣。

「進堂，不要胡思亂想。你知道為什麼我留你在身邊嗎？因為你肯做肯學，將來有一天我不在了，你就是廟公。至於感應嘛，就是個人因緣。你看不見祂，但祂看得見你呀。」

「太公，那是不是如果我很認真很認真做，風神爺就會給我感應了呢？」

謝太公拿走他手上的扇子，反過來，往他頭上輕輕一拍，最後只說了，「傻孩子。」

那是幾年前的事情呢？最少也有五十年了吧。就算過了五十年，他也記得清清楚楚楚。然而，他到現在還是毫無感應之人。

關上廟門前，他再次凝望眼前的風神爺。祂的眼睛眨也不眨，就像夜裡的燈，炯炯有神。謝太公說祂看得見他、看得見世間的一切，真的嗎？他很久沒有想起這個問題了。

神明無語，他也靜靜做著他的廟公，關上了廟門。數十年如一日。

□

進堂公再次見到阿天，已是七天後的事了。拖阿天來的，還是大姊。阿天也不想再被叨唸，老老實實拿著掃把就跑一旁掃地去。

大姊滿臉歉意，還帶一盒糕點來賠罪，「阿天個性就是這樣，想不通的事情，一定要想通才甘願。」

「會想，也是好事。」

「您都不知道，他大學的時候，聽教授說歐洲有多好多好，他就想知道真的有這麼好嗎？決定跟朋友去看看，一去就是一個月，跑了好幾個國家！為了這件事，那時候也是跟阿爸鬧得不愉快。只能說，他們父子喔，就是一對冤家啦，意見都不合，見了面就要吵架。」

家事也不好置喙，進堂公沒有深入這個話題，倒是對阿天去過國外遊歷這事很有興趣，與大姊聊了不少，總算對阿天有更多了解。

而阿天呢，刻意避著似地總離他三公尺遠，沒事也裝忙，不讓兩人之間留有插入對話的空隙。小孩的把戲，他想。

「香爐該清了，來幫我。」他說。

阿天遲疑了一會，還是低著頭來了，表情不讓人輕易看清。

進堂公將一根根燃燒完畢的香腳，輕輕拔起，握在手裡形成一束嫣紅的花。阿天也跟著照做，將香爐裡的香腳全數拿出。香爐裡積累的香灰，是一種燃盡的灰色，散亂堆疊，像杯底的咖啡渣，貌似能從中看出暗示命運的圖形。他接著拿出的器具，一根金屬柄，下方連接了圓形金屬片，那怪異的形狀讓阿天睜大眼睛。

「用這個可以抹平香灰。」他將平爐器放置在香灰上，輕壓，繞圈。平爐器所經之處，香灰變得平整，讓它回歸為一切皆無的畫布。「稍微施點力，讓下面的香灰可以密合。你試試看。」

阿天接過平爐器，在繞了幾圈後，香灰越來越緊實，水平線明顯下降了幾公分。

「一間廟，是不是香火鼎盛，從香灰就可以看出。這些看似沒用的灰，卻代表了許許多多信徒的祈願。」

「他們都相信風神爺，相信風神爺會保佑他們一帆風順、一路平安。幾百年來，大家祈求的，都是如此。」

那香爐說大不大、說小不小，但那八分滿的香灰，至少也需上千人持香敬拜才能累積至此。或許是事實太過震撼，連阿天這顆頑石，僵硬的五官都有了鬆動痕跡，靜靜聽著他的話語。

「或許你看過這個，更有體會。」

他領阿天至辦公室，從抽屜拿出一本小冊，翻開，裡頭盡是來自各國的明信片。緬甸、日本、義大利、美國，最遠還有冰島。那些都是來廟裡祈求一帆風順的旅人，他們向風神爺求了平安符，後以一張明信片訴說了他們的平安與抵達。那一張張明信片宛如是風神的腳步，看似一方小廟，信仰卻遍及世界。

「信與不信，你自己去想，無關他人。但是身為廟公，要做的就是把廟顧好，讓這些信眾想到風神爺時，有地方可拜、可安心。這樣你知道嗎？」

阿天的頑固又被瓦解了些，表情有種釋懷，好像多少找到了繼續下去的理由。進堂公也慶幸阿天沒有再繼續追問，有些問題，他自己也還在想，或許不靠一生去想是找不到答案的。

廟外是清朗好天氣，風正吹著。或許是因為這樣的天氣，阿天主動提起大學時期的歐洲之旅。他曾在巴黎左岸喝咖啡，於羅馬被偷走錢包，眺望瑞士的馬特洪峰，搭乘夜班火車穿越下著雪的白色歐洲大陸。在那些描述裡，風景接著風景，沒有國度與邊界，沒有限制與阻礙，隨心所欲，去哪裡都可以。

「海呢？有沒有看到海？」

「海？」阿天的回想被打斷了，「有呀，地中海和大西洋。那些海好漂亮，地中海的藍非常鮮艷，大西洋則是稍微帶點綠色。」

「進堂公，你退休後，有要去哪嗎？」

去哪？能去哪呢？他從來沒有想過。

「沒有吧，在家看電視，或來廟裡看看吧。」

阿天喃喃著，這樣呀……尾音有無限可惜。那個被拉長的尾音，是一個魚鉤，釣起了深藏進堂公心海的話題。

「我沒離開過府城。」他說。

「從來沒有？」

「從來沒有。」說這話時，他有些不自在。定沒有人像他一樣，一輩子沒有離開過出生地，每天都在廟裡，休假時便回矮房，哪裡也不會去。

「所以你問我退休後要做什麼，我還真不知道，也不知道能去哪裡。」說這話時，他的視線望著廟埕，因為天氣炎熱而空無一人，連隻貓都沒有經過。

他預期阿天的回應是同情的，殊不知阿天眼睛亮亮的，宛如眼前有座無名之島，極欲上前探索。

「那進堂公你可以去的地方可多了！」阿天說。

話題一開，阿天幾乎停不下來，他只能聽，聽阿天說哪裡好吃哪裡好玩，再往北還有什麼，往南絕對不能錯過何處。進堂公的世界，原本只有府城，這一個下午，整個台灣都被納了進來。

「說了這麼多，進堂公你最想去哪裡？」

「我……」他想了想，又搖搖頭。他不知道怎麼向阿天說明，這一切對自己來說沒那麼容易。

剛好廟埕上飛來一個垃圾，他打發了阿天去撿，追逐那張不斷翻飛的參選人宣傳單。那風多大呀，讓宣傳單翻轉了好幾圈。他感覺自己是廟門石獅，是門樓牌坊，與這座廟一同固守在地。無論風再大，也吹不動他啟程。

□

那天過後，阿天整個人安定多了。那不是像血壓或心跳能以器具觀測、數字衡量的，而是一種神態一種氣場，進堂公一眼就能分辨出來。他知道阿天內心還是有所疑惑，但選擇了把眼前的事情做好，於是心也慢慢定了下來。這樣他就放心了，可以把知識盡己所能地傳承給阿天。

「進堂公可以開始了！」

瞧，阿天還用了腳架，開啟手機的錄影功能，準備記錄他是如何介紹廟宇的。面對鏡頭，他神情有些彆扭，連問了兩次，一定要錄影嗎？你不能筆記下來或錄音就好嗎？

「科技時代要有科技時代的做法嘛。開始了進堂公，開始了。」

拗不過阿天，他先喝了一口茶潤喉，才真正開始。

他們在柏油與石磚框限的範圍內，細細地探索，神像的尊容、穿戴、法器都是觀察重點，無一不融入傳說故事。像電母持鏡，是為了替雷公照亮世間，避免天雷劈錯世人。

至於脖上的珍珠項鍊嘛，「那是你小時候的傑作。」

「真的嗎？我怎麼不記得？」

「你想要我從頭講一遍嗎？現在我說的，可是會被錄進去喔。」許是已經習慣鏡頭，他還能開開玩笑，逗得阿天輕笑表示：「沒關係，我會把這段剪掉。」

接著，從神像向外延伸，在廟裡的天地四方之間，所有供具自有它們存在的意義，小至薦盒燭台，大至神案匾額，隨便不得。而他究竟有多熟悉廟的一切呢？阿天問他廟裡有幾幅匾額、薰爐上的神獸是什麼，又或是水神旁邊花瓶上頭的圖案，他閉著眼都能答對。

「難怪進堂公一眼就發現我把水神火神調換了位置！」阿天驚歎，看來小時候那次被打罵的慘痛記憶還深留在心。

「那有什麼，你要是像我一樣，在這裡待了六十年，你也記得住。」他見阿天仰著頭，拿著高高架起的手機，在拍廟內的棚頂。「你在瞧什麼，瞧得如此認真？」

「進堂公不是說過嗎？廟裡每一個雕刻或裝飾，都有它的意義。上面的圖案太高了看不清楚，我想拍下來仔細看。」阿天拍的橫樑上，確實有些圖紋。一個太極，旁邊各有一頭龍。

「那是太極生兩儀，外面還有兩儀生四象。」

果然，我就知道，到處都是可以解釋的密碼！阿天碎唸著，又跑至外頭拍兩儀生四象。

隨著阿天的仰望，他也仰望起來。他看著顏色斑駁褪色的壁畫，畫著從戲曲而來的故事。上頭有二十孝裡的「鹿乳奉親」，孝子為治療父母的眼疾，披了鹿皮挨近鹿群以取得鹿乳，差點被獵人獵殺。另一幅「井邊會」，是元朝的《白兔記》，一家人離散多年，長大成人的兒子因為追趕白兔到了井邊，認出井邊婦人是自己的母親，才終於團圓。這兩幅是他最喜歡的，畫的是至親至孝，畫的是大團圓。

走至前拜亭，每個朱紅樑柱上的金漆詩句，他都領著阿天唸了一遍。還有那對稱懸掛的紙燈籠，大大寫著風神爺、五行主宰、盤古開天等字樣，為廟宇增添歷史悠久的古味。這是鹿港技術最好的燈籠師傅做的，他說。來到沒有屋簷庇蔭的廟埕，三座石亭，幾座字跡模糊的石碑，他都說得出典故來。

阿天聽歸聽，亦看得十分仔細，指著接官亭石坊上，所刻寫的「鯤維永奠」是什麼意思？這自然也難不倒他，解釋那四字是提醒上任官員，要好好創造基業、造福百姓。不只如此，他還加碼說了一個傳說故事，據說南河港一帶有隻黑龜精經常興風作浪，有了接官亭鎮住了黑龜精的頭，河港才終於風平浪靜。阿天聽得入迷，也不問那黑龜精是不是真的存在。

「差不多就這樣了吧，你都知道了。」

廟不大，卻也說了快一整日。

「太好了，我再剪輯一下，謝宴那天播出來正好。」

「播這個要幹嘛？」他十分反對。

「當作紀念呀。」阿天表情甚是得意。

□

阿天說的「謝宴」，舉辦在即，地點是拜亭，屆時將席開三桌，來的都是平日與風神廟關係最密切之人，以感謝進堂公多年來的奉獻。而隔日，即是進堂公擔任廟公的最後一日。

起初，進堂公不斷婉拒，實在不想因為自己勞師動眾的。更何況，他沒事還是會常常回來廟裡，只是少了頭銜而已。

剛參加完全台進香回來的總幹事，一聽直說不行，一定得辦，否則謝太公地下有知，定會罵他不懂禮數！

「況且，我還要感謝您，把阿天教得那麼好！」總幹事多日未進廟，親眼看見阿天一改往日毛躁，乖順打掃、協助信徒，心裡高興，原本緊張的父子關係也多少趨緩。

總之謝宴非辦不可！

面對如此盛情，進堂公反而心裡像棲了一朵烏雲，有著說不出口的陰鬱。他為廟所付出的，不是為了被感謝，甚至也不是為了風神爺，這一切都是為了……

「進堂公你聽說了嗎？阿爸請來府城最好的總舖師來辦謝宴！據說會有十二道大菜。」阿天邊說邊抹平香爐裡的香灰，似乎很是期待當晚的菜色。「還會請國樂團，演奏一整晚耶。」

他只是聽著，聽阿天說，說菜色、排場、出席的人，這一切都令他覺得，自己離阿天說的世界好遠好遠，彷似隔著陰陽兩岸。

「而且聽到進堂公要退休了，大家都說一定要來歡送你，結果從三桌又變成了五桌。還有呀，我聽說他們要做一塊匾額，讓你掛在矮房，感謝進堂公對風神廟的無私奉獻。」阿天持續喃喃著，匾額是有點誇張啦，我是有建議看要不要做成獎座，畢竟進堂公你喜歡低調嘛……

聽了這麼多，他腦中只迴盪著這句話：他眞的值得被如此感謝嗎？

這時節的風，有太陽的熱，有雷雨的濕，混著無所不在的蟬聲，將他們包圍在無法脫困的夏日裡。

「我這輩子只向風神爺求過一件事，但沒有實現。」

他的聲音縹緲，像是對著空氣說的。阿天停下手邊動作，專心傾聽。可能是那樣接近關心的傾聽，他才有勇氣繼續說下去。

「我求風神爺，讓太公不要死。」

謝太公晚年被檢查出癌症，已是毫無希望的末期，醫生判斷壽命不剩幾個月，便讓太公在家安寧照護。

「每晚我都求風神爺，拿我全部的陽壽去換，就算只換半年一年也好。若是不夠，便一起上路，我不怕。」

他想起自己來到太公床前，說了這事，太公像往常那樣笑了，說，傻孩子。

「我連續求了一百天，太公還是逝世了。」

「我沒有家人，是太公收留我，讓我從打雜的做到廟公。我沒什麼能報答太公的，唯一能做的就是替他好好守住這座廟。」

「這就是我為什麼一直在這裡的原因。」

「什麼無私奉獻，我沒有，我是為了自己，為了報答太公而已。我不是那麼偉大的人。」

說完，他越過阿天，走進刺眼的艷陽裡，身影被照得幾乎要消散。

進堂公不知道自己為什麼，要突然說那些話。那些話不應該說的，說了，好像是在眾人赤誠的心意上潑了一桶冷水，也害得阿天有所顧忌，這幾日都與他保持著一種禮貌的距離。他責怪自己，都活到這種歲數，還如此不懂人情世故。

於是眼前這場謝宴，他盡可能表現合宜，不讓人察覺心底的彆扭。如之前阿天說的，桌數從三桌變成了五桌，主桌擺在拜亭，一個回頭便能看見鎮廟風神爺，另外四桌則兩兩對齊擺在了廟埕。為了熱鬧，四周擺設了紅綢帶與鮮花，若不清楚的人路過，可能會誤以為是喜宴。

從傍晚時分開始，賓客開始入席，直到天色從濃郁的橙色變成夜晚的靛藍，眾人才紛紛坐定。風神廟點上了燈，謝宴正式開始。

他坐在主桌，眼前一道道手路菜爭相上桌，沒有食慾的他仍努力動著筷子。同桌的總幹事幾杯酒下肚，好像暖開了身、敞開了心，站了起來，高高舉起酒杯，示意一起向進堂公敬酒。於是廟裡迴盪著眾人的回音：敬進堂公，敬進堂公！

待回音消散，總幹事接著說：「在這裡，我一定要幫進堂公說一句公道話！有人說，進堂公是沒有福氣的人、是與神明無緣的人，才見不到神蹟。我請問大家，如果進堂公沒有福氣又與神明無緣，他有辦法在風神廟待這麼久嗎？他在這裡服務了整整六十年呀，絕對是最有福氣、最有緣的人！大家說對不對？」

總幹事一喊，眾人紛紛拍手，連帶著口哨、歡呼聲都來了。總幹事請他來到最前面，貌似要進行頒獎儀式，他不安地改變了站姿，擔心真的是阿天所說的匾額。

「我們特別訂製了一個禮物。」總幹事拿出來的，是一座彩色琉璃獎座，上面還雷雕了一座小型風神廟。

他鬆了一口氣，剛好與正拿著手機拍照的阿天對上視線。阿天笑了，他也笑了，此時此刻才終於放寬了心，接受了獎座。

眾人再次舉杯敬酒，彷彿還不夠，三三兩兩地來到他面前，帶著酒杯及祝福的話、感謝的話、不捨的話，真摯地向他道謝。他被眾人的真摯所感動，不再糾結自己有沒有資格這件事，也真心回應。

不知道是什麼時候開始的，阿天播放起那天錄製的影片，光影投放在戶外投影布幕上，就像星空電影那般，令眾人回想起許許多多進堂公在廟裡的時光，讓離別在即的情緒如夜色般慢慢積累沉澱。

尋了空，他溜了出去。阿天也來了，偷偷地來了。他們見了彼此，點點頭示意，一起站在一個路口外的對街，遠遠觀望。

夜風、燈光、餐宴、眾人，百年風神廟顯得好熱鬧，好像在上演一場戲，就像那些酬神謝神的大戲。被風不斷吹撫擺動的紅綢帶，令他看得入迷。他的人生也上演在風神爺面前，昏倒在接官亭被謝太公救起，隨著謝太公處理廟宇裡裡外外的事情，謝太公仙逝，他擔起廟公之責，六十年過去他即將退休，卻來了一個敢於提出問題的阿天……

這一刻，就是這一刻，他好像知道所有問題的答案了。

「阿天，你不是問我信不信風神爺嗎？」

阿天聽見是這個話題，忍不住站直身體傾聽。

「那時候太公仙逝，我也不想待在風神廟了。當時我覺得風神爺根本不存在，就算祂存在，也是一點慈悲也沒有的神。所以我決定等太公的百日做完就走。」

他想起那度日如年的一百日，當時幾乎把廟務都荒廢了，地沒掃、香案沒擦，香灰滿了也沒整理。多虧幾位常來的香客幫忙照應，才不至於出什麼亂子。如此過了整整一百日後，他還是要走的。卻沒想，欲走的當日，新來的志工打翻了香爐，風一吹，香灰散得廟裡都是，連神像都蒙上了一些。

「我想也沒想，放下行李，幫忙清理。就這樣，沒走了。」

「為什麼？」阿天輕聲問。

「我以前不知道，現在知道了，那就是一種『信』呀。若真不信，何必要擔心祂渴了、日日換茶水？何必擔心祂待得不舒適，日日打掃清潔？又何必事事如此尊敬謹慎？」

阿天沒有說話，似乎是在思索進堂公是如何將自己的「信」，變成了每一日的工作。許久，「太公仙逝，我阿爸說生死不由人也不由神，一切都是因緣。現在當作是餞別禮，你要不要再向風神爺求個什麼？」

「要求什麼？」

「很多呀，求祂在夢裡現身讓你看一看，或是求自己身體健康也好嘛！」

他想了想，搖搖頭。

「你相信祂卻又不求，這又是為什麼？」

他想了很久，真的想了很久，想到眼前的一切都彷彿有百年之遙。

「無論求與不求，無論神應不應許，我都相信風神爺的存在，那才是最重要的事。」

這就是他當了一輩子廟公，所獲得的答案。

此時的夜風，宛如是從銀河邊吹下來，無比沁涼。他好像又聽見了，聽見謝太公說，傻孩子。因而不自覺地笑了。

□

進堂公起得比平常還早，清晨四、五點，正是天暗要轉天明的時候。起得如此早，是想趁無人之時，再好好看一看風神廟。今天，他就要把廟門鑰匙交給阿天，正式卸下廟公職務了。他先上好香，才緩緩經過內殿、拜亭、廟埕，以溫柔的目光拂拭過每一個角落。

原先，他只是站在廟前，與接官亭對望。他想起百年前，朝廷官員從這裡來到台灣，而在某些意義上，他也是從這裡上岸的。於是，他走了過去，站在接官亭的正下方，站在某種魔幻的邊界上。

毫無預警的，背後起了一陣強風，風勁之強，身上所有衣物都翻飛鼓起。因為那陣從無境之地生成的風，他往前一個踉蹌，穿過了接官亭，跨過象徵海陸邊界的波浪地磚。

只是一個驚慌閉眼的瞬間，他再次睜眼時，原本是平鋪石磚的廟埕，竟出現了往下的石階，連接著一條河面極寬的運河，正滔滔地往左右延展。運河上的帆船灌滿了風，往不同方向行駛著。左方有橋，連接著渡頭，上頭有船夫、小販、商賈在行走，來來往往十分熱鬧，宛如清明上河圖那般。

等等，這是幻覺嗎？高樓、馬路、平房都去了哪？風神廟呢？他回過頭，風神廟還在，只是門面不是他所熟悉的樣貌，格局也變大了，旁側還多了聚落建築。

他思緒混亂，沒有察覺自己正緊張地憋著氣。直到想通了什麼，才震驚地倒抽一大口氣。

他懂了，那運河是南河港，橋是安瀾橋，廟旁建築則是於日治時期被拆掉的公館。眼前是百年之前的風景！

河面吹來了風，也將人帶上岸。幾名身穿古代華服的官員，走上石階，個個神情疲憊、腳步蹣跚。他知道他們一路來台有多麼不容易，必須先從內陸抵達廈門，再渡生死之關黑水溝，來到鹿耳門。要從鹿耳門那邊來此，還需走台江再接南河港，才是真正抵達。然而在他們的疲態裡，眼神卻有歷經死劫又將新生的堅定。

見有人上岸，他身後的風神廟也擁上了在地人士，急急地迎接這群初來的貴客。

他們寒暄作揖，一同往廟的方向走去，他也跟了上去。一行人經過大門與官廳，第三進才是風神殿。眾人持了香火，向風神爺恭敬一拜。風神爺還是老樣子，似笑非笑，垂視眾生。

他的視線穿越了人牆，與風神爺直直對視。那瞬間，迎面又來了一陣強風，他忍不住用手臂去擋。

下一秒，或許比一秒更短，他又回到了拜官亭下。

天色已經完全轉亮，一台送報車從旁邊經過，在寧靜街道上拉出迴盪的尾音。路旁野貓經過時，看見他如雕像僵硬在那，忍不住喵喵叫了幾聲。

運河不見了，船不見了，橋與石階也不見了。一切都來無影、去無蹤，如同風一樣。這是風神爺開的玩笑嗎？

天色從霧灰變成魚肚白，他還是沒想透。他望著原本是運河的地方，彷彿運河還在那裡，閃著粼粼波光。

又一陣大風從背後吹起，宛如有人推了他一把，逼得他再次踏出步伐，跨越了拜官亭。

這一次沒有再出現魔幻之景，而是天空露出了清亮的湛藍。那湛藍是遠方的暗示，是虔誠的謝禮。

有了風的鼓勵，他想朝遠方啟程，前往任何風到之處。

〈謝禮〉完

島嶼上的神祇——風神

台灣唯一的風神廟位於台南市，主祀風神，陪祀「自然系」神明，如：水神、火神、雷公、雹母等。風神爺擬人化後的形體為威嚴長者，不僅能操縱天氣，其手持的風葫蘆能釋出微風或狂風，對於早期倚靠風力航行的船隻尤其重要，因此成為漁夫、商賈、官員的敬拜對象。如今轉化為「旅人的守護神」，旅人會向其祈求旅途一帆風順。

後記——生活在人與神共存的日常

我是會到廟裡拜拜的人，雖然國中高中大學讀的皆是教會學校。這裡想說的不是信仰，而是日常。

生病時，無主時，出遊時，總會至廟裡。可能求平安、求健康、求決斷，也可能什麼都不求，只是走走看看、向神明請安。久了，那些裊裊煙香、信徒低語、神明垂憐的眼，以及靜靜攀爬在廟宇屋瓦、天井、樑柱的天光，都化作書寫《眾神之島》的契機。如此說來，也是一種冥冥。

我的生活裡有廟，同輩朋友卻非如此，這件事偶爾會讓我驚訝。畢竟依據全國宗教資訊網統計，全台灣登記合法廟宇數量約一萬兩千間，若再加上未登記的宮廟，數量遠遠超越四大超商總數。等於在生活裡遇見一間宮廟，比去便利商店還容易！

因此，《眾神之島》想要做的是，重新引介台灣傳統信仰的親切面貌，展現這片土地上人與神的日常互動，讓小說成為理解在地信仰的契機，拉近讀者與眾神的距離。同時，小說亦探討了在地信仰式微、外來文化崛起、價值觀落差、家庭型態改變等世代議題。

書寫上，由於台灣傳統信仰神祇數量眾多，又經長期融合與演繹，要明確分類實屬不易。參考相關書籍與學術論文後，採用最普遍且簡易的三大分類：「庶物崇拜」——相信器物皆有神，如家、城池、床、門等；「人類崇拜」——包含神話、歷史人物、職業祖師爺；「自然崇拜」——像是自然現象與動植物等。每類我各選兩位神明作為主軸，但主角並不侷限於神，有人，有物，也有情。

於是收錄在《眾神之島》的六篇短篇小說裡，有努力守護家宅、希望吃到雞腿的地基主；千里迢迢親自向城隍爺贖罪的老翁；為女兒向神農大帝求取藥籤的父親；迎接九庄媽駐駕的一家人；喜歡看電影、討厭雷神索爾的雷公；不曾感應神蹟卻服務風神爺一輩子的廟公。部分趣味，部分嚴肅，共通點是人間的溫度。

小說虛實交錯，部分使用現實中廟宇為情節發生地，但故事人物皆為虛構（說是虛構，其中亦有真實經驗與情感打底）。其中，九庄媽的部分，要特別感謝人文紀實節目《真世代－第4集　媽祖住我家》，從中獲得許多感動，該篇小說創作上亦因此受到不少啟發。閱讀後歡迎循線至相關廟宇走走，完成自身體驗的虛實整合。

這裡呢，只是起點，目前已著手規劃《眾神之島II》、《眾神之島III》，希望能兢兢業業地積累系列，邀請眾神列位。

作為創作者，深知成書的每一步都不容易。感謝我的「廟公」L，身為南部孩子，比我更了解廟宇禮儀習俗，成為這本書最重要的顧問；感謝親友時時刻刻的支持；感謝蓋亞總編育如和責編亘亘長路同行；感謝國藝會的認同與支助；感謝長年推廣廟宇文化的前輩，太多書籍與參考資料都大大幫助了我這位後輩。

最後，感謝書寫時刻降臨的神。

光風

2023.9.6

寫於漂亮的灰色雨天

參考書目

《圖解台灣傳統宗教文化》謝宗榮／晨星／2020
《圖解台灣廟會文化事典》謝宗榮／晨星／2020
《圖解台灣神明圖鑑》謝奇峰／晨星／2014
《台灣近代廟宇神符圖錄彙編》楊士賢／博揚／2020
《神靈台灣》林金郎／柿子文化／2018
《聽！台灣廟宇說故事》郭喜斌／貓頭鷹／2016
《台灣廟會工藝與戲劇》郭麗娟／晨星／2011
《一本就懂台灣神明》陳虹因／好讀／2017

偷丟垃圾
神明在看

國家圖書館出版品預行編目資料

眾神之島／光風 著.
── 初版.──台北市：蓋亞文化，2024.01
面；公分.

ISBN 978-626-384-065-2（平裝）

863.57 112021058

島語文學 008

眾神之島

作　　者　光風
封面插畫　黃九子
裝幀設計　謝捲子
責任編輯　盧韻亘
總 編 輯　沈育如
發 行 人　陳常智
出 版 社　蓋亞文化有限公司
地址：台北市103承德路二段75巷35號1樓
電話：02-2558-5438　傳真：02-2558-5439
電子信箱：gaea@gaeabooks.com.tw
投稿信箱：editor@gaeabooks.com.tw
郵撥帳號 19769541　戶名：蓋亞文化有限公司
法律顧問　宇達經貿法律事務所
總 經 銷　聯合發行股份有限公司
地址：新北市新店區寶橋路二三五巷六弄六號二樓
電話：02-2917-8022　傳真：02-2915-6275
港澳地區　一代匯集
地址：九龍旺角塘尾道64號龍駒企業大廈10樓B&D室
電話：+852-2783-8102　傳真：+852-2396-0050
初版一刷　2024年01月
定　　價　新台幣 300 元
Published and printed in Taiwan

ISBN 978-626-384-065-2

本書獲 財團法人 國家文化藝術基金會 National Culture and Arts Foundation 獎助

Gaea

Gaea

GAEA

Gaea